日本語作文
批改教室

佐々木綾
広﨑絵里奈 編著

林彦伶 譯

鴻儒堂出版社發行

前 言

　　本書作者於靜岡日本語教育中心任教多年，在日語教學的第一線上直面來自各國的學生。在授課過程中，遇見許多學習者五花八門的誤用，於是將修改學生作文時的常見錯誤匯總整理後，於「ステップ日本語（階梯日本語雜誌）」上連載，頗受讀者好評。

　　每個單元所舉例子皆為學生在寫文章時，頻繁出現的疑難雜症。從作文及電子郵件的基本格式、段落架構、表現方式、文法等，一一加以詳盡說明，提出修正方式，力求使讀者能使用精練的措辭，正確的表達方式，清楚陳述自己的意見，展現自信與積極的一面。

　　如今集結成冊，敦聘同樣也是日語教育界的留日博士林彥伶老師翻譯，搭配淺顯易懂的譯文，希望能對學習日文寫作的各位讀者有所助益。

目　錄

第1課

　　第一課我們先來看看稿紙的用法。你知道稿紙的正確用法嗎？

練　習

李同學寫了一篇文章，談日本企業盛行的「公司內部使用英語」。

找找看有關稿紙的用法有哪些地方宜加修改。

然後才看「解說」。

2010年頃から日本の企業で、「社内英語化」の動きがある。ほぼ全員が日本人でありこれまでは日本語で行われていた会議や社内文書などが英語に変わってきている。「自分の会社がそうなったら…」と心配になり、忙しい仕事の合間を縫って英会話学校に通い始める社員もいる。会社は「英語ができる人」と「仕事ができる人」のどちらを求めているのだろう。日本国内の市場だけでは大きな成長が見込めない企業は、今後海外に事業展開していく必要がある。しかし、社員の海外語学留学支援など昔ほど研修に時間と費用をかけることはできない。そこで現状でも可能な範囲内で企業は海外進出の準備をしているのではないだろうか。「社内英語化」も社員への意識づけの一つとして行われているのだと思う。もちろん英語もできて仕事もできるに越したことはない。しかしコミュニケーションの方法があっても「伝える中身」がなければ何にもならない。つまり英語がいくらできても仕事力や専門技術がなければ誰も耳を貸さない。やはり一番大切なのは、専門技術を磨き、仕事の能力を高めることではないかと私は考える。

文 章 訂 正 後

２０１０年頃から日本の企業で「社内英語化
」の動きがある。ほぼ全員が日本人でありこ
れまでは日本語で行われていた会議や社内文
書などが英語に変わてきている。「自分の会
社がそうなったら…」と心配になり、忙しい仕
事の合間を縫て英会話学校に通い始める社員
もいる。会社は「英語ができる人」と「仕事
ができる人」のどちらを求めているのだろう
日本国内の市場だけでは大きな成長が見込
めない企業は、今後海外に事業展開していく
必要がある。しかし、社員の海外語学留学支
援など昔ほど研修に時間と費用をかけること
はできない。そこで現状でも可能な範囲内で
企業は海外進出の準備をしているのではない
だろうか。「社内英語化」も社員への意識づ
けの一つとして行われているのだと思う。も
ちろん英語もできて仕事もできるに越したこ
とはない。しかしコミュニケーションの方法があっ
ても「伝える中身」がなければ何にもならな
い。つまり英語がいくらできても仕事力や専
門技術がなければ誰も耳を貸さない。やはり
一番大切なのは、専門技術を磨き、仕事の能
力を高めることではないかと私は考える。

解說

重點1：

　　文章要分段落。

　　要讓讀的人對整篇文章的結構一目瞭然，落段是很重要的一環。要依內容及文章的進展來區分段落。

　　400字左右的作文，建議可以分成3～4段。段落的開頭要空一格。

　　例：第一段　　意見主張

　　　　第二段　　理由1

　　　　第三段　　理由2

　　　　第四段　　總結、意見主張

重點2：

　　打上句號（。）、逗號（、），會比較清晰易懂。

　　＊理工科的雜誌、論文中，句號用「．」，逗號用「，」。現在很多人文社會

　　　學系也開始改用「·」和「，」。

　　☞關於「逗號的用法」稍後再說明。

重點3：

　　算1個字，使用1格：

　　①漢字、平假名、片假名

　　②「ゃ／ャ」「ゅ／ュ」「ょ／ョ」「っ／ッ」等小字

　　③標示長音的「ー」

④ 、。「」（）『』" "等符號

＊除非是私人信件或寫給朋友的留言等等，否則一般作文和報告、意見書等幾
　　乎都不用「？」和「！」。

⑤大寫的英文字母

重點 4 ：

2個字寫在1格內：

①小寫的英文字母

②數字

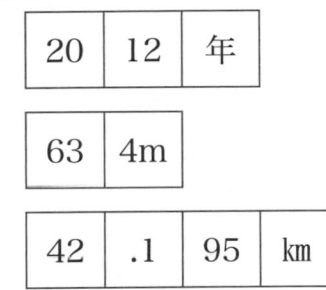

20	12	年

63	4m

42	.1	95	km

＊但個位數的數字以及大寫國字數字要使用1格。

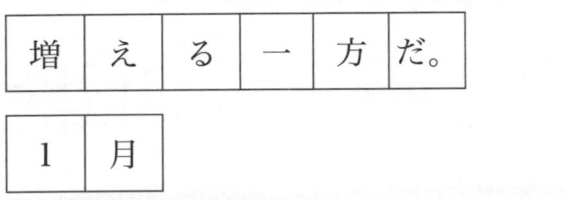

增	え	る	一	方	だ。

1	月

重點 5 ：

禁止規定：

下列幾種必須放在行末，不可以放在一行的開頭（行首）。

①句號（。）逗號（、）　」　』　）　"

②「ゃ／ャ」「ゅ／ュ」「ょ／ョ」「っ／ッ」等

③長音符號「ー」

例1：

行首　　　　　　　　　　　　　行末

| 今 | 日 | は | 寒 | い | 一 | 日 | で | し | た。 |

例2：

行首　　　　　　　　　　　　　行末

| 最 | 近 | 、 | 日 | 本 | で | 「 | 国 | 際 | 化」 |
| が | ま | す | ま | す | 進 | ん | で | い | る。 |

例3：

行首　　　　　　　　　　　　　行末

| 「 | 早 | く | 帰 | っ | て | き | て | ね | 。」 |
| と | 華 | 子 | は | 手 | を | ふ | っ | た | 。 |

＊引用句的句尾用1格寫 │ 。」 │ ，有時會省略句號（。），以 │ 」 │ 結尾。

6

逗 號 的 用 法

逗號的用法沒有「絕對的規則」。不過得下點工夫，才能「正確」「明瞭」地把作者想表達的意思傳達給讀者。請留意下面幾個的地方：

重點1： 接續詞及接續形式之後

　　しかし、　そして、　また、　なお、　その結果、

重點2： 接續助詞之後

努力を続けても、できませんでした。〈儘管持續努力，還是沒成功。〉

雨が降り始めたので、帰ることにしました。

〈開始下雨了，所以決定回家。〉

合格すれば、日本に行きます。〈如果考上，就要去日本。〉

家の前がうるさくて、一晩中ねむれなかった。

〈我家前面很吵，一整晚都睡不著。〉

最新の情報によると、日本人女性の平均寿命は86.39歳である。

〈最新資訊顯示，日本女性的平均壽命是86.39歲。〉

重點3： 主語很長或是主語──述語間有段距離時

社内英語化を進めてきた○○という会社は、海外に百以上の店舗をオープン

している。

〈○○公司從以前就推動公司內部說英語，現在已經在海外開了上百間分店。〉

○○さんは、高校生の頃から憧れていた旅行関係の仕事をしている。

〈○○從事高中時代就很嚮往的旅遊工作。〉

重點4： 修飾關係較複雜時

彼は、泣きながら部屋を出ていく彼女を見送った。

〈他看她哭著走出房間。〉

彼は泣きながら、部屋を出ていく彼女を見送った。

〈他哭著看她走出房間。〉

重點5： 名詞、動詞、形容詞、副詞等並列時，以及事物並列敘述時

日本語学校では、聴解、読解、作文、会話の授業があります。

〈日本語學校的課程有：聽解、讀解、作文、會話。〉

彼女の住んでいる寮は、静かで、交通の便の良いところにあります。

〈她住的宿舍是在一個安靜、交通方便的地方。〉

重點6： 在句中插入說明時

日本の専門学校に入学するには、私が調べた限りでは、日本語能力試験のN2相当の日本語力が必要だそうだ。

〈要進日本的專門學校，就我調查所知，要有等同日語能力檢定N2的日語能力。〉

這一課我們學了稿紙的用法。

寫文章要顧慮到「看文章的人」，讓我們一起朝這個方向努力吧。

第2課

　　在上一課我們學過「稿紙的用法」。這一課就來認識一下「文體」和「口頭語／書面語的差別」。

練 習

　　宋同學以「男性・女性做家事及育兒」為題，寫了一篇400字左右的文章。找找看哪些地方最好訂正一下，之後請看【解說】。

1　このごろ日本で「イクメン」とか「イケダ
2　ン」ということばを聞いたんです。「積極的
3　に育児をやる男性」「仕事とか家事も協力的
4　でかっこいい旦那さん」みたいな意味だ。
5　　男女平等の社会なんだから、男性も家事や
6　育児をやらなきゃという考え方がある。私は、
7　基本的にこんな考え方に賛成します。男性は
8　外で働いで女性は家庭を守るというのは、女
9　性の権利とか可能性なんかを否定する女性差
10　別の考え方じゃないかなと思ってるんです。
11　　でも、現実社会が男性や父親に対して家事
12　や育児をやる時間的な余裕をあげているとは
13　思えない。もし社会での成績や評価が下がっ
14　たら、給料カットとかリストラになっちゃう
15　かも…外でずーっと緊張で働く男性や父親に
16　対して家に帰ってからの家事や育児は大変だ。
17　　やっぱり大切なのは、女性とか男性だから
18　…で、役割とか価値観なんかを無理じゃなく
19　て、夫婦で話し合い周囲の協力をうまくもら
20　いながら幸せな家族を作ることじゃないか？

文章訂正後

1. ~~このごろ~~[最近]日本で「イクメン」とか「イケダ
2. ン」ということばを聞いた~~んです~~。「積極的
3. に育児を~~やる~~[する]男性」「仕事~~とか~~[も]家事も協力的
4. でかっこいい旦那さん」~~みたいな意味だ~~[という意味である]。
5. 　男女平等の社会~~なん~~だから、男性も家事や
6. 育児を~~やらなきゃ~~[分担するべきだ]という考え方がある。私は、
7. 基本的に~~こん~~[この]な考え方に賛成~~します~~[である]。男性は
8. 外で~~働い~~[働き、]で女性は家庭を守るというのは、女
9. 性の権利~~とか~~可能性~~なん~~[など]かを否定する女性差
10. 別の考え方~~じゃ~~[ではないか]ないかなと~~思ってるんです~~[思うからである]。
11. ~~でも~~[しかし]、現実社会が男性や父親に対して家事
12. や育児を~~やる~~[する]時間的な余裕を~~あげ~~[与えて]ているとは
13. 思えない。もし社会での成績や評価が~~下がっ~~[下がれば]
14. ~~たら~~、給料カット~~とか~~[や]リストラ~~になっちゃう~~[の恐れもある。]
15. ~~かも…~~外で~~ずーっと~~[一日中]緊張~~で~~[し]働く男性や父親に
16. ~~対して~~[とって、]家に帰ってからの家事や育児は大変だ。
17. ~~やっぱり~~[やはり]大切なのは、~~女性とか男性だから~~[女性あるいは男性ということ]
18. ~~…~~[だけで]で、役割~~とか~~[や]価値観~~なんか~~[押しつけることなく、]を~~無理じゃなく~~
19. ~~て、~~夫婦で話し合い周囲の協力を~~うまく~~[上手に]もら
20. いながら幸せな家族を作ること~~じゃないか？~~[だと思う。（ではないだろうか。）]

解 說 ： 文 體

重點1： 論說文和報告、應徵理由等文章，應使用常體（普通體）。

重點2： 文體應統一使用敬體，或統一使用常體。

　　日語的文體可分為敬體和常體兩大類。一般來說，寫論說文、報告書、應徵理由時，要用常體；寫信或寫留言給人時，要用敬體。（其實同學們也應該學習何時用「だ体」，何時用「である体」，不過這次先併在一起稱為「常體」。）

　　日本留學考（EJU）的問答題最好也用常體寫，如果不太會的話，用敬體也可以，並不會影響分數。不過一篇文章不管用敬體還是常體，都應該統一。

筆記「文體」

です・ます体	だ・である体
Vます。	V。
Vません。	Vない。
Vました。	Vた。
Vませんでした。	Vなかった。
Nです。	Nだ／である。
Nでは／じゃありません。	Nではない。
Nでした。	Nだった／であった。
Nでは／じゃありませんでした。	Nではなかった。
いadj.いです。	いadj.い。
いadj.くないです／ありません。	いadj.くない。
いadj.かったです。	いadj.かった。
いadj.くなかったです／ありませんでした。	いadj.くなかった。
なadj.です。	なadj.だ／である。
なadj.では／じゃありません。	なadj.ではない。

なadj.でした。	なadj.だった／であった。
なadj.では／じゃありませんでした。	なadj.ではなかった。

＊　V動詞、N名詞、**いadj.**い形容詞、**なadj.**な形容詞

＊
- いいです　　　　　→　　　いい（よい）
- よくないです　　　→　　　よくない
- よかったです　　　→　　　よかった
- よくなかっです　　→　　　よくなかった

解 說 ：「口頭語／書面語的差別」

重點：　作文時應使用「適合寫文章用的詞語」。

　　日語裡有「口頭語／書面語的差別」。「書面語」和一般講話用的詞語不同，主要用在文章或較正式的演講、致辭、研究發表等。

　　不必想得太複雜，不過最好記住下面【筆記】寫的一些表達方式。如果能適切地依場合和目的選擇使用，日語表達方式會變得比較豐富多樣。

筆記　「口頭語／書面語的差別」

口頭語	書面語	例
～とか～とか	～や～など	米や野菜などを輸出し、… 〈出口稻米及蔬菜等…〉
～し～し	～て…ため （ので）	安くて便利なので、普段、この店を利用する。 〈因為便宜方便，所以平常都到這家店。〉
～なんか	～など	インターネットなどを利用する人が増え、… 〈使用網路的人增加…〉

13

でも／けど	しかし	しかし、現実（げんじつ）の社会（しゃかい）では… 〈然而在現實社會裡…〉
だから	従（したが）って	反対（はんたい）が賛成（さんせい）を上回（うわまわ）った。従（したが）って、この法案（ほうあん）は… 〈反對票多於贊成票。因此，這個法案…〉
どうしてかというう	なぜなら	増加（ぞうか）する一方（いっぽう）だ。なぜなら、日本（にほん）では… 〈持續增加。原因在於，日本…〉
そして	また	寒（さむ）くて厳（きび）しい冬（ふゆ）が来（き）た。また、今年（ことし）は特（とく）に… 〈嚴寒的冬天來到。而且今年尤其…〉
いろいろな	様々（さまざま）な・ さまざまな	若者（わかもの）の文化（ぶんか）に様々（さまざま）な影響（えいきょう）を与（あた）えている。 〈對年輕人的文化帶來各種影響。〉
やっぱり	やはり	やはり私（わたし）はこの意見（いけん）に反対（はんたい）する。 〈我還是不贊成這個意見。〉
～ないで／ ～なくて	～ずに	食事（しょくじ）をとらずに、学校（がっこう）へ行（い）く子供（こども）が増（ふ）えて… 〈越來越多小朋友不吃飯就上學…〉
～みたい	～よう	昨年（さくねん）のように、夏（なつ）、雨（あめ）が少（すく）なくなると… 〈如果像去年這樣夏季雨水少…〉
～でしょう	～だろう	今後（こんご）、このような問題（もんだい）は増加（ぞうか）するだろう。 〈今後像這樣的問題應該會越來越多。〉
たぶん	おそらく	午後（ごご）にはおそらく晴（は）れるだろう。 〈下午應該會放晴吧。〉
もっと	さらに	事態（じたい）はさらに深刻化（しんこくか）すると考（かんが）えられる。 〈事情可能會變本加厲。〉

接著來看看訂正過的作文。看得出來哪裡改過嗎？

①文體統一使用常體。

②口語表達方式改成「適合寫文章用的表達方式」。

③訂正其他錯誤的表達方式。

●外でずーっと緊張で　　→　外でずっと（一日中）緊張し、…

　　〈在外面一直(一整天)很緊張〉

●男性や父親に対して　　→　男性や父親にとって、…

　　〈對男性或為人父者而言〉

●女性とか男性だからで　→　女性あるいは男性ということだけで

　　〈只因是女性或男性〉

●無理じゃなくて　　　　→　押しつけることなく…

　　〈不強迫〉

　　這一課我們學了「文體」和「口語／書面語的差別」。讓我們一起努力學習，讓寫出來的文章能顧慮到「看文章的人」。

第3課

　　上一課我們學過「文體」和「口頭語／書面語」。這一課和下一課，我們要來認識一些「寫文章時很好用的表達方式」。

　　本課主題：

　　1.陳述意見

　　2.陳述理由

　　3.提出反對意見，加以否定，補強自己的意見

　　4.陳述結論

練 習

　　鄭同學以「日本的能源問題」為題，寫了一篇400字左右的文章，闡述自己的意見。先找找看哪些地方應該訂正，然後才看【解說】。

文章訂正前

1 　　2011年は「省エネ」ということばが日本で
2 ブームだ。節電生活のためにいろんな技術が
3 開発されている。福島原発の問題がきっかけ
4 だ。電気を使うことは悪いみたいだ。電気を
5 使わない生活をすべきの考え方を反対する。
6 　　電化製品を使ったら、家事労働を減らすこ
7 とができる。電化製品と使うためには電気を
8 使う。電化製品を使ったら労働時間を減る。
9 そして、生活を楽しめる。それを知っている
10 私達が昔の生活に戻うことはできない。
11 　　電気を使わなければ、製造・経済活動もス
12 トップしかねない。電気は現代社会の「血」
13 だ。でも、電気を使い過ぎて環境破壊の原因
14 にもなるだろう。電気を使うことが絶対に悪
15 いじゃない。
16 　　原発を依存しないで、自然エネルギーなど
17 いろいろな方法を使い、電力を安定供給する。
18 人々が安心で生活を楽しめるシステム作りじ
19 ゃないか？
20

重點1： 陳述意見

在文章開頭先點出自己的意見，這樣可以有效向讀者表達自己的主張（接下來想表達的內容）。這些表達方式也常用在文章最後的「結論」部分。

①私は〜という意見に賛成／反対する。

〈我贊成／反對〜的意見。〉

→例）学生は制服を着るべきだという意見に賛成する。

〈我贊成學生應該穿制服。〉

②私は〜より、〜方が良いと思う。

〈我覺得與其〜，不如〜。〉

→例）学生が自由な服を着て学校に行くことを認めるより、制服を着ることを強制した方が良いと思う。

〈我認為與其讓學生自行決定上學的衣著，不如強制規定穿制服。〉

③〜ではないだろうか。

〈不是〜嗎？〉

→例）学生は制服を着るべきではないだろうか。

〈學生不是本來就應該穿制服嗎？〉

④〜ではないかと思われる。

〈一般人都認為應該〜〉

→例）学生には制服が必要ではないかと思われる。

〈一般人都認為學生應該要有制服。〉

＊用表示斷定的「だ／である／思う」感覺口氣很強硬。如果要表現得稍微委婉一點，可以用「だろうか／ではないだろうか／思われる」。

重點2： 陳述理由

陳述理由時有兩種方式，一種是「先陳述意見，後解釋理由」，另一種是「先解釋理由，後陳述意見」。

① （意見）。なぜなら（というのは／というのも）、～からである。

〈（意見）。為什麼呢？（之所以這麼說，是）因為～〉

→例）将来、留学したい。なぜなら、就職の際、外国での生活・社会経験があることは、有利な条件となるからである。

〈我以後想去留學。因為找工作的時候，在國外的社會、生活經歷有加分作用。〉

②～である。したがって、（意見）である。〈～。所以（意見）。〉

→例）就職の際、外国での生活・社会経験があることは、有利な条件となる。従って、私は将来、留学したいと考えている。

〈找工作時，在國外的社會、生活經歷有加分作用。所以我以後想去留學。〉

重點3： 提出反對意見，加以否定，補強自己的意見

寫文章時，請留意不要只一味地寫自己的意見，也要提一下一般人的想法，還有跟自己相反的意見、看法。表現出你能理解讀者的意見、觀感，應該有助於讓人接受你的意見與主張。

①確かに（もちろん／もっとも／一般的に）、～。しかし～。

〈的確（當然／然而／一般而言）～。可是～。〉

→例）確かに、最近のテレビ番組にはくだらないものも多い。しかし、ストレスや寂しさを解消するために、テレビを必要としている人も多い。

〈的確，最近很多電視節目內容都很無聊。不過還是有很多人需要電視來抒解壓力，排遣寂寞。〉

重點4： 陳述結論

通常我們會在文章的最後陳述結論。這是向讀者表達意見及主張的最後機會。

① 以上の理由により、～ではないかと考える。

〈基於上述理由，我認為應該～。〉

→例）以上の理由により、今こそ、日本のエネルギー問題について、みんなで考えるときではないかと考える。

〈基於上述理由，我認為現在正是大家共同思考日本能源問題的時刻。〉

② 従って、～だろう。

〈因此應該～。〉

→例）従って、今こそ、日本のエネルギー問題について、みんなで考える必要があるだろう。

〈因此，現在我們更應該集思廣益，好好思考日本的能源問題。〉

③ 最も大切なことは、～ではないだろうか。

〈最重要的應該是～。〉

→例）最も大切なことは、日本のエネルギー問題について、みんなで考えることではないだろうか。

〈最重要的應該是要大家集思廣益，一起來思考日本的能源問題。〉

接下來，我們來看看批改過的作文。

文章訂正後

1　　2011年は「省エネ」ということばが日本で

2　ブーム~~だ。~~（となり、）節電生活のために~~いろん~~（様々な）な技術が

3　開発されている。福島原発の問題がきっかけ

4　~~だ。~~（となり、）電気を使うことは悪い~~みたいだ。~~（しかし、私は、ことのように考えられている。）電気を

5　使わない生活をすべき~~の~~（だという）考え方~~を~~（に）反対する。

6　（なぜなら、）電化製品を~~使ったら、~~（使えば、）家事労働を減らすこ

7　とができる。電化製品~~と~~（からだ）使うためには電気を

8　使う。電化製品を~~使ったら~~労働時間を~~減る。~~（減らし、）

9　~~そして、~~生活を~~楽しめる。~~（楽しむこと）それを知っている

10　私達が昔の生活に戻うことはできない。

11　（さらに、）電気を使わなければ、製造・経済活動もス

12　トップしかねない。電気は現代社会の「血」

13　だ。でも、（確かに）電気を~~使い過ぎ~~て（しかし、使い過ぎることは）環境破壊の原因

14　にもなるだろう。電気を使うことが~~絶対に~~悪

15　い~~じゃない。~~（というわけではない。）

16　（大切なのは、）原発を~~依存~~（に）~~しないで、~~（するのではなく、）自然エネルギーなど

17　~~いろいろな~~（多様な）方法を~~使い、~~電力を安定供給~~する。~~（し、）

18　人々が安心~~で~~（して）生活を楽しめるシステム~~作りじ~~

19　~~やないか？~~（を作ることではないかと思う。）

20

看得出來改了哪些地方嗎？

重點1： 陳述理由的表達方式

●電化製品を使ったら、家事労働を減らすことができる。

〈使用電器產品，可以減少家務勞動量。〉

→なぜなら、電化製品を使えば、家事労働を減らすことができるからだ。

〈因為使用電器產品，可以減少家務勞動量。〉

重點2： 提出反對意見，加以否定，補強自己意見的表達方式

●でも、電気を使い過ぎて、環境破壊の原因にもなるだろう。電気を使うことが絶対に悪いじゃない。

〈可是過度用電，也可能會破壞環境。用電並非完全不好。〉

→確かに、電気を使い過ぎることは環境破壊の原因にもなるだろう。しかし、電気を使うことが悪いというわけではない。

〈的確，過度用電也可能會破壞環境。不過也不是說用電不好。〉

重點3： 陳述結論的表達方式

●原発を依存しないで、自然エネルギーなどいろいろな方法を使い、電力を安定供給する。

〈不依賴核能，要使用天然能源等各種方式，穩定地供給用電。〉

→大切なのは、原発に依存するのではなく、自然エネルギーなど多様な方法により、電力を安定供給し、……

〈重要的是，不依賴核能，要透過天然能源等多種方式，穩定地供給用電，……〉

重點4： 統一文體

● 人々が安心で生活を楽しめるシステム作りじゃないか？

〈不就是建立大家都能安居樂業的架構？〉

→ 人々が安心して生活を楽しめるシステムを作ることではないかと思う。

〈我想應該是要建立大家都能安居樂業的架構。〉

重點5： 口頭語改為「適合寫文章的表達方式」

● 電気を使うことは悪いみたいだ。

〈用電好像是不對的。〉

→ 電気を使うことは悪いことのように考えられている。

〈大家彷彿認為用電是不對的。〉

● 電化製品を使ったら……

〈使用電器產品的話……〉

→ 電化製品を使えば……／電化製品を使い……

〈如果使用電器產品……／使用電器產品……〉

● 電気を使うことが絶対に悪いじゃない。

〈用電不是完全不好。〉

→ 電気を使うことが悪いというわけではない。

〈並不是說用電不對。〉

● いろんな技術／いろいろな方法

〈各種技術／各種方式〉

→ さまざまな技術／多様な方法

〈各式技術／多樣的方式〉

重點6： 修改其他錯誤的表達方式

●私は電気を使わない生活をするべき<u>の</u>考え方<u>を反対する</u>。

→私は電気を使わない生活をするべき<u>という</u>考え方<u>に反対する</u>。

〈我不贊成不用電過日子的想法。〉

●電化製品を使ったら労働時間<u>を減る</u>。

→電化製品を使い、労働時間<u>を減らし</u>……

〈使用電器產品，減少工作時間……〉

●原発<u>を依存</u>しないで……

→原発<u>に依存</u>するのではなく……

〈不依賴核能……〉

●<u>安心で</u>生活を楽しめる……

→<u>安心して</u>生活を楽しめる……

〈可以安居樂業……〉

請再看一遍批改過的作文，確認修改的地方。

另外，寫字數較多的文章時，也可以具體舉例說明。舉例說明有助於明確傳達自己的主張。舉例時可以用像「例えば～」這樣的表達方式。

→例）物事には、良い面も悪い面もある。例えば、世界中で利用されているインターネットが挙げられる。インターネットには……

〈事物都有好的一面和壞的一面。以通行全球的網際網路為例，網路……〉

這一課我們學了一些寫文章時很好用的表達方式(陳述意見、理由、結論)。我們應多多加油，希望能寫出顧慮到「讀者」的文章。

第4課

　　上一課我們學了如何陳述意見和理由，這一課繼續學一些寫文章時很好用的表達方式。

　　本課主題

　　1.說明

　　2.強調理由

　　3.假設

練　習

　　徐同學針對「你對年輕人網路交友情況增加有何看法」的提問，寫了一篇約400～500字的文章陳述意見。找找看哪些地方應該訂正，然後再看【解說】。

近頃、オンラインゲームとかSNSとかがよく使われるようになって、ネット中で交流する機会が増えた。しかし、私はネットの世界だけで友達を作ればいいと考える人が増えてしまうと心配している。

　　ネットの世界だけで友達を作る時、相手の性格や考え方をよく知らないまま友達になる場合が多い。しかし、よく知らない相手に対して、自分の本当の悩みを相談することはできない。そのため、ネットの友人関係だけで満足していると、悩みがあっても、誰でも相談できない。そして、ひとりでずっと悩んでしまう可能性が高い。

　　確かにネットを使えば、簡単に世界中の人と友達になれるだとう。画面中では多い友達がいるように見える。しかし、その中に心から信頼できて、困った時に助ける友達がいなければ、意味がないのではないだろうか。

　　現実の世界で心から信頼できる友人関係が作れる前は、ネットの世界で友達を作るを夢中になるべきではないと考える。

> 解 說 ： 表達方式有很多種，如果能有效運用下面所列的表達方式，你寫出來的文章就會更精練優美。

重點1： 說明

　　想要告訴讀者這是對你很重要的資訊，這時不能平鋪直敘地陳述事實，要用下面這些表達方式。

①のだ／のである。

◇用在說明重要資訊時

→例）日本語で「日」という漢字は、「ひ」とも「にち」とも「じつ」とも読める。つまり、日本の漢字は一つの字に何通りもの読み方があるのである。

　　〈日語「日」這個漢字可以讀作「ひ」、「にち」、「じつ」。也就是說，日本的漢字一個字有好幾種唸法。〉

◇提到讓自己或讀者感到意外的事實時

→例）先生に「ご苦労様です」と言ったら、注意されてしまった。実は、「ご苦労様です」は目上の人に使ってはいけない言葉だったのである。

　　〈我跟老師說「ご苦労様です」，結果被老師糾正。原來「ご苦労様です」這句話是不可以對長輩說的。〉

②〜わけだ／わけである

◇用在把之前提到的事，換個較淺顯易懂的說法解釋時

→例）彼は学校にも行かず、就職もせず、アルバイトばかりしている。つまり、彼はフリーターというわけである。

　　〈他不上學也不就業，成天打工。總之他就是個飛特族(freeter)。〉

＊用像「〜のである／わけである」的「である」文體，會更有論說文的味道。

＊「〜のだ／わけだ」可以用來給前述內容做個整理，搭配「つまり／このように

／要するに／したがって」等詞語，用在段落的最後一句，效果會很不錯。

重點2： 強調理由

上一回我們學到如何陳述理由，這次再進一步學習強調理由的寫法，寫出更具說服力的文章。

①～(の)は、（理由）からにほかならない。〈之所以～，無非是～。〉

→例）日本の女性たちが子供を産みたいという気持ちになれないのは、仕事を続けながら育児をする環境が整っていないからにほかならない。

〈日本女性之所以不想生小孩，無非是因為工作與育兒兼顧的環境不夠完備。〉

②（理由）。だからこそ、～のである。〈（理由）。正因如此，才～。〉

→例）日本では女性が仕事を続けながら育児をする環境が整っていない。だからこそ、女性たちは子供を産みたいという気持ちになれないのである。

〈日本工作與育兒兼顧的環境不夠完備。正因如此，女性才不想生小孩。〉

重點3： 假設

不要只是單純陳述自己的意見和理由，偶爾也可以搭配使用假設的表達方式。假設的說法等於拋出一個問題給讀者，能吸引讀者的注意，也有客觀陳述意見和理由的作用的意見、看法。表現出你能理解讀者的意見、觀感，應該有助於讓人接受你的意見與主張。

①もし～たら／(た)としたら、…。〈如果～／假如～…〉

→例）もし制服を着なくてもよくなったとしたら、学生たちの生活はどうなるだろうか。もし制服を着なくてもよくなったら、その日の体調や天候に合わせて、学生たちは自由な服装ができるようになるだろう。

〈如果不必穿制服，學生們的生活會有什麼變化？如果不必穿制服，學生們就可以依當天的身體狀況或天氣，自己決定穿著。〉

②たとえ〜ても／(た)としても、…。〈即使〜也…〉

→例）たとえ制服がなくなったとしても、休日は私服を着きているのだから、同じようにして学校へ行けば、何も問題はないだろう。

〈即使沒有制服，假日也是穿便服，所以跟假日一樣穿便服上學，應該不會有問題才對。〉

＊把「もし／たとえ」換成「仮に」，會更像論說文的措辭。

→例）仮りに制服を着なくてもよくなったとしたら、どうだろうか。

〈假設不必穿制服會怎樣？〉

另外也可以先假設反對意見，再加以否定，這樣可以強調出自己的意見是正確的。

→**例Ⅰ）** 主張「學生應該穿制服」時

もし制服がなくなったとしたら、どうだろうか。毎日何を着るか悩んだり、おしゃれのために新しい服を買ったりして、学生たちは時間やお金を無駄にすることだろう。

〈假設沒有制服會怎樣？學生們一定每天煩惱要穿什麼，為了打扮去買新衣服，浪費時間和金錢。〉

→**例Ⅱ）** 主張「外國食品進口應設限」時

もし日本がこのまま食糧を輸入し続けたら、どうなるだろうか。日本の農家は安い輸入食品に対抗して値段を下げなければならず、日本の農業はますます衰退していくことだろう。

〈如果日本照這樣持續進口糧食，事情會變成怎樣？日本農民必須壓低價格，以對抗廉價的進口食品，日本的農業將日益衰退。〉

接著，我們來看看訂正過的作文。

1　近頃、オンラインゲーム~~とか~~SNS~~とか~~がよ〔など〕

2　~~使われるようになって~~、ネット~~中~~〔上〕で交流す〔身近なもの〕〔になり、〕（や）

3　る機会が増えた。しかし、私はネットの世界〔それに伴い、〕

4　だけで友達を作ればいいと考える人が増えて

5　しまうと心配している。〔のではないか〕

6　　ネットの世界~~だけ~~で友達を~~作る時、~~相手の〔でしか〕〔作らなかったとしたら、どうだろうか。ネット上では〕

7　性格や考え方をよく知らないまま友達になる

8　場合が多い。しかし、よく知らない相手に対

9　して、自分の本当の悩みを相談することはで

10　きない。そのため、ネットの友人関係だけで〔のである〕

11　満足していると、悩みがあっても、誰~~でも~~相〔にも〕

12　談できない。そして、ひとりで~~ずっと悩ん~~で〔ず〕〔悩み続けて〕

13　しまう可能性が高い。〔のである〕

14　　確かにネットを使えば、簡単に世界中の人

15　と友達になれるだとう。画面~~中~~では~~多い~~友達〔しかし、たとえ〕〔の上〕

16　がいるように~~見える。しかし~~、その中に心か〔大勢〕〔見えたとしても〕

17　ら信頼できて、困った時に~~助ける~~友達がいな〔助け合える／助けてくれる〕

18　ければ、意味がないのではないだろうか。

19　　現実の世界で心から信頼できる友人関係が〔だからこそ、〕

20　~~作れる前は~~、ネットの世界で友達を作る~~を~~夢〔作れないうちは〕〔のである〕〔のみ〕

21　中になるべきではないと考える。

看得出來改了哪些地方嗎？

重點１： 增加表示說明的措辭

●しかし、よく知らない相手に対して、自分の本当の悩みを相談することは
できない。

→しかし、よく知らない相手に対して、自分の本当の悩みを相談することは
できない<u>のである</u>。

〈但是，我無法跟一個不太認識的人討論自己真正的煩惱。〉

●ネット上の友人関係だけで…可能性が高い。

→ネット上の友人関係だけで…可能性が高い<u>のである</u>。

〈僅憑網路上的朋友關係…的可能性就比較高。〉

重點２： 增加表示假設的措辭

●ネットの世界だけで友達を作るとき、…

→<u>もし</u>インターネットの世界でしか友達を作らなかった<u>としたら、どうだろ
うか</u>。

〈如果我們只在網路世界交朋友會怎樣？〉

●画面中では多い友達がいるように見える。

→<u>たとえ</u>画面の上では友達が大勢いるように<u>見えたとしても</u>、…

〈縱使螢幕上看起來好像朋友很多，…〉

重點３： 增加強調理由的表達方式

●…意味がないのではないだろうか。現実の世界で…ないと考える。

→…意味がないのではないだろうか。<u>だからこそ、</u>現実の世界で心から信頼
できる友人関係が作れないうちは、ネットの世界で友達を作るのに夢中に
なるべきではないと考える<u>のである</u>。

〈…沒有意義吧。正因如此，我認為一個人如果還不懂得怎樣在真實世界裡交到推心置腹的朋友，就不應該熱衷於在網路世界裡交朋友。〉

重點4： 口語改為「適合寫文章用的表達方式」

●オンラインゲームとかSNSとかが…

→オンラインゲームやSNSなどが…

〈網路遊戲及SNS等…〉

重點5： 改為較精練的措辭

●SNSなどがよく使(つか)われるようになって、…

→SNSなどが身近(みぢか)なものになり、…

〈SNS等變成日常生活的一部分…〉

●しかし、私(わたし)はネットの世界(せかい)だけで、…

→しかし、それに伴(ともな)い、私(わたし)は悩(なや)みがあっても、誰(だれ)にも相談(そうだん)できない。そして、ずっと悩(なや)んでしまう可能性(かのうせい)が高(たか)い。

→悩(なや)みがあっても、誰(だれ)にも相談(そうだん)できず、悩(なや)み続(つづ)けてしまう可能性(かのうせい)が高(たか)いのである。

〈但也因為這樣，就算有煩惱，我也沒辦法找人商量。很可能就一直鑽牛角尖。〉

→〈就算有煩惱，我也無法找人商量，很可能就一直鑽牛角尖。〉

重點6： 修正其他誤用的措辭

●ネット中(じゅう)で交流(こうりゅう)する機会(きかい)が増(ふ)えた

→ネット上(じょう)で交流(こうりゅう)する機会(きかい)が増(ふ)えた

〈網路上交流的機會增加〉

●…と考(かんが)える人(ひと)が増(ふ)えてしまうと心配(しんぱい)している

→…と考える人が増えてしまうのではないかと心配している

〈擔心可能會有越來越多人認為…〉

●誰でも相談できない。

→誰にも相談できない。

〈沒人可以商量。〉

●画面中では多い友達がいるように見える。

→画面の上では友達が大勢いるように見えたとしても…

〈就算螢幕上看起來好像有很多朋友…〉

●困った時に助ける友達がいなければ、…

→困った時に助け合える／助けてくれる友達がいなければ、…

〈如果碰到困難的時候，沒有能互相幫忙／伸出援手的朋友…〉

●現実の世界で心から信じられる友人関係が作れる前は、…

→現実の世界で心から信じられる友人関係が作れないうちは、…

〈還沒學會在真實世界中交到真心信賴的朋友之前…〉

●ネットの世界で友達の作るを夢中になるべきではない。

→ネットの世界で友達を作るのに夢中になるべきではない

〈不應沉迷在網路世界中交朋友。〉

請再看一遍訂正過的作文，確認相關的表達方式。

這一課我們學到了關於說明、強調理由、假設的表達方式。往後我們再繼續學習各種不同的表達方式，真正學會怎麼寫出一篇有說服力的文章。

第5課

這一課我們來學學「前後呼應」。所謂「前後呼應」，是指句子的最後面（句尾）配合句首的詞語，使用固定的表達方式。

本課主題

1. 疑問詞的呼應

2. 陳述理由時的呼應

3. 主語的呼應

4. 副詞的呼應

練習

張同學針對「現今電子書籍（使用電腦等設備閱讀的數位化書籍）備受矚目之我見」的題目，寫了一篇約400字的意見文。找找看哪些地方應該訂正，然後再看【解說】。

文章訂正前

1 　　近頃、電子書籍の話をよく耳にする。最近
2 のニュースによると、世界のいくつかの学校
3 では、紙の教科書にかわって電子書籍が使わ
4 れている。では、なぜ電子書籍が注目されて
5 いることを考えてみたい。
6 　　電子書籍の利点は持ち運びに便利で、保管
7 場所が必要なく、紙の節約になる。それ以上
8 に、電子書籍が注目されている最大の理由は
9 文章に合わせて映像や音声がつけられる。辞
10 書や教科書などは映像や音声があったほうが
11 理解しやすいだろう。
12 　　しかし、そのような機能が利点ばかりだと
13 は言えない。例えば、大好きな小説が映画や
14 ドラマになったときに、自分のイメージとち
15 がってがっかりしたことがないだろうか。人
16 は物語を読みながら、頭の中で想像を作って
17 いる。そのため、前に物語の映像や音声が決
18 められると、読者の楽しさが減ってしまうか
19 もしれないのである。
20 　　今後も技術の発達にともなって、電子書籍
21 の数は多いと考えられるが、どうか紙の本を
22 読むときの自由に想像する楽しさも忘れない
23 と思うのである。

重點1：　疑問詞的呼應

有「いつ〈何時〉／どこ〈何處〉／何〈什麼〉／なぜ〈為什麼〉」這類疑問詞時，問句以「～か」結尾。

①疑問詞＋か。

→例）なぜ日本では少子高齢化が進んでいるのだろうか。

　　〈為什麼日本少子高齡化的情況越來越嚴重？〉

②疑問詞＋（常體形）か、…。

→例）その新聞記事を読むまで、なぜ少子高齢化が進んでいるのか、私は考えたことがなかった。

　　〈在看到報上那篇報導之前，我從來沒有想過為什麼日本少子高齡化的情況越來越嚴重。〉

重點2：　陳述理由時的呼應

如果有「なぜなら〈為什麼？〉」或「…の理由は〈…的原因是〉」等陳述理由的用詞，句子要以「～からだ〈因為〉／～ためだ〈因為〉」結尾。

①なぜなら、～からだ／ためだ。

→例）将来、留学したい。なぜなら、就職の際、外国での生活経験があることは、有利な条件となるからである。

　　〈我以後想出國留學。為什麼？因為就業的時候，國外的生活經驗是一項有利的條件。〉

②の理由は、～からだ／ためだ。

→例）私が留学を希望する理由は、就職の際に外国での生活経験が有利になるためだ。

〈我想出國留學的原因，是因為就業的時候，國外的生活經驗有加分作用。〉

重點 3 ： 主語的呼應

主語是名詞，而句子是在解釋主語的內容時，述語要用「名詞＋だ」的形式，例如「～ことだ」。

→例）×少子高齢化の最大の問題点は、労働者人口が減ることにより、経済が衰退する。

○少子高齢化の最大の問題点は、労働者人口が減ることにより、経済が衰退することである。

〈少子高齡化最大的問題是：勞動人口減少，會導致經濟衰退。〉

重點 4 ： 副詞的呼應

有一些副詞有固定的句尾形式。

●否定（～ない）

→例）地球温暖化は決して一部の国だけで解決できる問題ではない。

〈地球暖化絕非部分國家就可解決的問題。〉

●希望（～たい／～てほしい／～てもらいたい）

→例）地球温暖化について、ぜひみなさんにも考えてもらいたい。

〈希望大家一定要好好想想地球暖化的問題。〉

●變化（～になる／～てくる／～ていく等等）

→例）1980年代ごろから徐々に世界で地球温暖化の問題について話し合われるようになってきた。

〈1980年代起，世界各國開始慢慢針對地球暖化問題展開對話。〉

副詞的前後呼應用詞整理如下表，請確認看看。

副詞的前後呼應用詞

否定	全然、まったく、少しも、決して	～ない
	あまり、ほとんど、めったに	
推測	必ず、きっと、たぶん、おそらく	～だろう、～はずだ、～と思う
	もしかしたら、もしかすると	～かもしれない、～のではないか
希望	ぜひ	～たい、～てほしい、～てもらいたい
	どうか	～てほしい、～てもらいたい
變化	だんだん、徐々に、次第に、	～になる、～てくる、～ていく、
	どんどん、ますます	表示變化的詞語（増える、減る等等）
假設	もし、仮に	～たら、～ば
	たとえ、仮に	～ても
比喩	まるで、あたかも	～のようだ、～みたいだ
辛苦	せっかく	～のに、～ても
不可能	なかなか、とても	～できない

※除了副詞之外，還有其他的前後呼應用詞，請參考下面的表格，注意句首和句尾
的形式。

變化	～につれて、～にともなって	表示變化的詞語
傳聞	～によれば、～の話では	～そうだ、～ということだ
說明	～とは、～というのは	～ことだ、～意味だ

接著來看看訂正過的作文。看得出來哪裡訂正過嗎？

文章訂正後

近頃、電子書籍の話をよく耳にする。最近のニュースによると、世界のいくつかの学校では、紙の教科書にかわって電子書籍が使われている。では、なぜ電子書籍が注目されている~~ことを~~考えてみたい。
<small>そうだ</small>

電子書籍の利点は持ち運びに便利で、保管場所が必要なく、紙の節約になる。それ以上に、電子書籍が注目されている最大の理由は
<small>のか</small>
<small>という点である</small>
文章に合わせて映像や音声がつけられる。辞書や教科書などは映像や音声があったほうが理解しやすいだろう。
<small>からだと考える</small>

しかし、そのような機能が利点ばかりだとは言えない。例えば、大好きな小説が映画やドラマになったときに、自分のイメージとちがってがっかりしたことがないだろうか。人は物語を読みながら、頭の中で想像を~~作って~~
<small>膨らませている</small>
~~いる~~。そのため、~~前に~~物語の映像や音声が決
<small>ものだ</small>　<small>あらかじめ</small>
められると、読者の楽しさが減ってしまうかもしれないのである。

今後も技術の発達にともなって、電子書籍の数は~~多い~~と考えられるが、どうか紙の本を
<small>増えていく</small>
読むときの自由に想像する楽しさも忘れない
<small>でほしい</small>
と思うのである。

看得出來哪裡訂正過嗎？

重點 1 ： 增加疑問詞的前後呼應用詞

●では、なぜ電子書籍が注目されていることを考えてみたい。

→では、なぜ電子書籍が注目されているのか考えてみたい。

〈我試著思考：為什麼電子書籍會受到矚目？〉

重點 2 ： 增加理由的前後呼應用詞

●電子書籍が注目されている最大の理由は、文章に合わせて映像や音声がつけられる。

→電子書籍が注目されている最大の理由は、文章に合わせて映像や音声がつけられるからだと考える。

〈我認為，電子書籍受到矚目的最大原因，在於文章配有音聲及影像。〉

重點 3 ： 增加主語的前後呼應用詞

●電子書籍の利点は持ち運びに便利で、保管場所が必要なく、紙の節約になる。

→電子書籍の利点は持ち運びに便利で、保管場所が必要なく、紙の節約になるという点である。

〈電子書籍的優點包括：方便攜帶、不需空間存放、節約用紙。〉

重點 4 ： 增加副詞的前後呼應用詞

●どうか…想像する楽しさも忘れないと…

→どうか…想像する楽しさも忘れないでほしいと…

〈希望大家千萬別忘了想像的樂趣〉

重點5： 增加其他前後呼應用詞

● 最近のニュースによると、…電子書籍が使われている。

→ 最近のニュースによると、…電子書籍が使われているそうだ。

〈根據最近的新聞報導，……使用電子書籍。〉

● 今後も技術の発達にともなって、電子書籍の数は多いと…

→ 今後も技術の発達にともなって、電子書籍の数は増えていくと…

〈今後，隨著科技的進步，電子書籍的數量會越來越多……〉

重點6： 改為適合文章的表達方式

● そのため、前に物語に映像や音声が決められると、…

→ そのため、あらかじめ物語に映像や音声が決められると、…

〈因此，故事的影像和聲音都事先敲定……〉

重點7： 其他訂正

● 人は物語を読みながら、頭の中で想像を作っている。

→ 人は物語を読みながら、頭の中で想像を膨らませているものだ。

〈人在看故事的時候，腦袋裡想像力會肆意奔馳。〉

請再看一次訂正後的作文，確認相關的表達方式。

這一課我們學到了「句子的前後呼應」，寫文章應注意句首和句尾的表達方式，使用正確的日語表達方式。

第6課

這一課要學的是「指示詞」。指示詞是指「これ・それ・あれ」「この・その・あの」這些詞，大致可分為兩種：一種是在現場指人或物（現場指示），另一種是用在談話和文章裡（文脈指示）。我們來看看該怎麼用才對。

練 習

崔同學看完關於「日本大學秋季入學制度」的報紙報導後，寫了一篇400字左右的文章陳述意見。找找看哪些地方應該訂正，之後再來看【解說】的部分。

文章訂正前

1 　新聞によると、将来、秋に入学できる日本
2 の大学が増えるそうだ。あのニュースは私に
3 刺激だ。秋入学を増えると、留学生が増える
4 し、日本人学生も留学しやすくなる。この結
5 果、留学生がたくさんなると、大学の国際的
6 イメージも良くなると思う。
7 　しかし問題がある。まず、日本人学生は大
8 変だ。大学に合格後、秋までだいたい六ヶ月
9 の余暇がある。この時は何をしたらいいかは
10 っきりわからない。そして就職活動も辛い感
11 じだ。この理由は、日本企業は一年一回四月
12 の定期採用が多いからだ。会社は大学の秋入
13 学システムに慣れるべきだ。このためには時
14 間がかかる。日本人・留学生にとって大変だ。
15 　要するに大学は、学生に幸せな人生がある
16 ように、教育制度、就職支援をするべきだと
17 思う。今はグローバル社会だ。ああいう社会
18 の中で、必要な人間を教育する義務がある。
19 知識だけではだめだ。「考えて行動できる能
20 力」が必要ではないのか。

1. 学生時代の友達に田中美智子さんという人がいましたが、先週、仕事の関係で出席したパーティーで、（　　　　　）人に会いました。

2. Ａ：大学の前に「たろう」っていうラーメン屋があるでしょう。

　　Ｂ：あ、（　　　　　）店ね。（　　　　　）は、スープがおいしいって有名だよね。

3. 宝くじが当たったら、どこでもいいから旅行をして、（　　　　　）でおいしいものをおなかいっぱい食べたい。

4. まず、初めに私から本日の会議の趣旨をご説明します。（　　　　　）次に、鈴木より出席者皆さまのご紹介をします。

5. 私の子どもの名前は「はな」です。（　　　　　）子は今年で３歳になります。

　　　　知道（　　）內要填什麼了嗎？

1. 学生時代の友達に田中美智子さんという人がいましたが、先週、仕事の関係で出席したパーティーで、（　その　）人に会いました。

　　〈我有個同學叫田中美智子，上星期出公差參加聚餐時碰到了她。〉

2. Ａ：大学の前に「たろう」っていうラーメン屋があるでしょう。

　　〈我們學校前面不是有一家叫「たろう」的拉麵店嗎？〉

　　Ｂ：あ、（　あの　）店ね。（あそこ）は、スープがおいしいって有名だよね。

　　〈喔，那家店啊。那裡是出了名的湯頭好喝。〉

3. 宝くじが当たったら、どこでもいいから旅行をして、（　そこ　）でおいしいものをおなかいっぱい食べたい。

〈要是中了彩券，我好想隨便找個地方去旅行，在那裡盡情享受美食。〉

4. まず、初めに私から本日の会議の趣旨をご説明します。（　その　）次に、鈴木より出席者皆さまのご紹介をします。

〈首先由我來說明今天會議的宗旨，接著由鈴木介紹與會佳賓。〉

5. 私の子どもの名前は「はな」です。（　この　）子は今年で３歳になります。

〈我們家小朋友叫「はな」，她今年要滿3歲了。〉

我們把文脈指示分成「Ⅰ.對話」「Ⅱ.文章」兩部分來看。

Ⅰ.對話

1.聽話的人在場時

①談話的人彼此都知道的人事物用「あ」。

例）A：大学の前に「たろう」っていうラーメン屋があるでしょう。

〈我們學校前面不是有一家叫「たろう」的拉麵店嗎？〉

B：あ、<u>あの</u>店ね。<u>あそこ</u>は、スープがおいしいって有名だよね。

〈喔，那家店啊。那裡是出了名的湯頭好喝。〉

②彼此不知道的人事物用「そ」。

例）A：私、今年から「レッド」でアルバイトしているんだ。

〈我今年開始在「RED」打工。〉

B：ふーん、<u>そこ</u>はどんな会社なの？

〈哦？那是一間什麼樣的公司？〉

2.聽話的人不在場時（例如自言自語）用「あ」。

例）<u>あの</u>とき、部長の言う通りにしておけば良かったんだよなあ……。

〈那時候，要是有照部長說的去做就好了。〉

Ⅱ．文章

　　論文和報告之類的文章常用「こ」和「そ」，絶少使用「あ」。很多時候「こ」「そ」兩種都可以用，不過下面這些情況，通常只能用其中一種，要好好記住。

1. 使用「そ」的場合

①用來代表前述名詞句中的一部分

例）日本の男性の平均寿命は女性の<u>それ</u>より約４年短いというデータがある。

〈有數據顯示，日本男性的平均壽命比女性（的平均壽命）少4年左右。〉

②表示順序、位置、所有者時

例）まず、私、<u>その</u>次に川田さんが発表します。

〈首先由我發表，接下來是川田同學。〉

部屋にはベッド、<u>その</u>前に小さなテーブルを置いています。

〈房間裡有床，床前面擺著一張小桌子。〉

会員証は本人と<u>その</u>家族しか使えません。

〈會員證限本人及其家人使用。〉

③代表以「こと」「もの」結尾的先行詞

例）私が一番興味を持っていること、<u>それ</u>はダイビングです。

〈我最感興趣的事，那就是潛水。〉

④後面提到的內容和前文所述相矛盾、出乎意料

例）私は子どものとき、人前で何も話すことができなかった。<u>その</u>私が、今、外国人に日本語を教える仕事をしていることを家族はとても不思議がっている。

〈我小時候根本不敢在衆人面前說話。而我現在的工作卻是教外國人日語，家人都覺得很不可思議。〉

⑤表示「～たら」「もし～」等假設情況

例）試験に遅れそうな場合は、それをすぐ教官に知らせること。

〈如果可能趕不上考試，要立刻向老師報告。〉

2．使用「こ」的場合

①陳述原理、理由的強調句

例）外国からの観光客が激減した。これは、長引く円高と昨年の震災の影響が残っているためだろう。

〈外國遊客人數銳減。這可能是因為日圓長期升值，再加上去年大地震的影響餘波盪漾。〉

②引用

例）「為せば成る、為さねば成らぬ何事も、成らぬは人の為さぬなりけり」。これは祖母がいつもよく言って聞かせてくれた言葉だ。

〈「凡事為之則成，不為則不成。不成，乃不為也」。祖母常用這句話來訓勉我。〉

③用來代替「今」〈現在〉、「最近」〈最近〉

例）ご無沙汰しております。お元気ですか。この１年は私も研究で忙しく、ご挨拶に伺うことができませんでした。これからは、就職に向けてがんばろうと思っています。

〈久疏音問，不知您近來可好？這一年來忙著研究的事，一直未能向您請安。接下來打算開始準備就業。〉

④歸納彙整整段文章的内容

例）……このように、水は人々の生活と深く結びついている。

〈如上所述，水與人們的生活密不可分。〉

⑤所指示的事物在後頭接著出現

例）今朝、このようなニュースを聞いた。新卒で就職した人のうち、約

30%の人が入社後３年以内に会社を辞めてしまうそうだ。

〈今天早上，我聽到這麼一則新聞，說職場新鮮人當中，有30%的人進公司不到3年就辭職。〉

⑥指自己的專業領域，或和自己有關的事物

例）私の国では入学試験のために、知識を詰め込む勉強をさせているが、このような方法は日本でも同じではないだろうか。

〈在我們國家，大家都為了升學死讀書，這種學習方式，日本應該也是一樣的吧。〉

再看一次崔同學寫的文章，注意指示詞的部分，想一想該怎麼改比較好。

●…将来、秋に入学できる日本の大学が増えるそうだ。あのニュース（→そのニュース）は私に…

〈聽說日本以後會有越來越多大學開放秋季入學。這個消息對我…〉

●日本人学生も留学しやすくなる。そういう結果（→この／その結果）、留学生が…

〈日本的學生也比較容易出國留學。結果就是，留學生…〉

●会社は大学の秋入学のシステムに慣れるべきだ。このためには（→そのためには）時間がかかる。

〈公司應該要適應大學秋季入學的制度。而適應需要時間。〉

●今はグローバル社会だ。そういう社会の中（→この／その社会）で、…

〈現在是全球化的社會。在這社會中，…〉

這次除了指示詞之外，也稍微修改整篇文章，讓文章看起來更自然通順。崔同學作文的句子變短，兩個句子連接起來之後，還可以省略一些指示詞。

文章訂正後

1　新聞によると、将来、秋に入学できる日本
　将来、秋に入学できる日本の大学が増えるというニュースを聞き、
2　の大学が増えるそうだ。あのニュースは私に
　関心を持った。
3　刺激だ。秋入学を増えると、留学生が増える
　　　　　　　　が
4　し、日本人学生も留学しやすくなる。この結
　　　　　　　　　　　　　　　　　　また、
5　果、留学生がたくさんなると、大学の国際的
　大学に留学生が増えると、国際的にも大学のイメージが良くなると思う。
6　イメージも良くなると思う。
　　　　　　点
7　しかし問題がある。まず、日本人学生は大
　　　　　　　　も
8　変だ。大学に合格後、秋までだいたい六ヶ月
　大学に合格した後、秋まで約六ヶ月の時間があるが、この期間
9　の余暇がある。この時は何をしたらいいかは
10　っきりわからない。そして就職活動も辛い感
　　　　　　　　また、卒業が半年遅れることで、
11　じだ。この理由は、日本企業は一年一回四月
　一年に一回、四月に定期採用の多い企業への就職は大変になる。
12　の定期採用が多いからだ。会社は大学の秋入
　　　　　　　　　　　　大学と企業の連携には
13　学システムに慣れるべきだ。このためには時
　かなり時間がかかるだろう。
14　間がかかる。日本人・留学生にとって大変だ。
　　　　　　　　どちら　　　　　　　も
15　要するに大学は、学生に幸せな人生がある
　学生にって本当に幸せな人生は
16　ように、教育制度、就職支援をするべきだと
　何かを考え、　　の見直しや
17　思う。今はグローバル社会だ。ああいう社会
　グローバル社会において必要とされる人間になるよう
18　の中で、必要な人間を教育する義務がある。
　　教育する義務がある
19　知識だけではだめだ。「考えて行動できる能
　　　　　　　なく、
20　力」が必要ではないのか。
　　　　　になるの

49

看得出來哪裡訂正過嗎？看得出來哪些地方被訂正嗎？

來看看幾個主要的修辭錯誤，還有訂正的例句。

●あのニュースは私に刺激だ。

　→…というニュースを聞き、関心を持った。

　　〈聽到這個消息之後，我很感興趣。〉

●秋入学を増えると…

　　→秋入学（できる大学）が増えると…

　　〈如果秋季入學（的大學）增加，…〉

●留学生がたくさんなると…

　　→留学生が増えると…

　　〈留學生人數變多，…〉

●学生に幸せな人生があるように…

　　→学生にとって本当に幸せな人生は何かを考え…

　　〈想一想什麼才是學生真正的幸福人生…〉

再看一次批改過的作文，注意看看什麼樣的文章比較自然流暢。

這一課我們學到了「指示詞的用法」。大家一起努力精進，好讓自己的日語表達方式更加正確無誤。

第7課

　　這一課我們要學的是文章中「自動詞和他動詞」以及「被動句」的用法。動動腦，想想看自動詞和他動詞、被動句要用在什麼時候，好好學會怎麼寫文章。

　　本次主題：

　　1.自動詞和他動詞

　　2.被動句

練　習

　　吳同學讀完「越來越多年輕人短期內離職」的報導之後，寫了一篇約400字的意見文。找找看哪些地方應該訂正，然後再看【解說】。

新聞によると、日本では三年以内に会社を辞める若者を増えているそうだ。私の国では若者が転職するのはめずらしいことではないが、では、なぜ日本で若者の早期離職が話題になっているのだろうか。

日本には「転石苔むさず」ということわざがあるように、日本では昔から一つの会社で働き続けることが当たり前だと考えた。しかし、いつリストラするかわからない時代になって、より良い条件の会社に入れたいと思う人が増えてきたのだろう。そして仕事を変わるなら、若いうちがいいと考えて早期離職する人が増えているのではないだろうか。

また、最近の日本の若者は昔と比べて叱る機会を減っているのだそうだ。そのため仕事でミスをして上司が注意すると、「この仕事は自分に向いていない」と否定的に考えて、辞めてしまう人もいるのではないかと思うのである。

私は自分が本当にやりたい仕事をするためなら、転職してもかまわないと思う。ただ、自分が一度やろうと決まった仕事は簡単にあきらめないで、続いてほしいものである。

解説１： 自動詞和他動詞

　　日語有些動詞是自動詞和他動詞搭配成一組的，像是「ドアが閉まる」〈門關起來〉和「ドアを閉める」〈把門關起來〉。要用自動詞還是他動詞，要看寫文章的人把焦點放在哪裡。

①〜が／は＋自動詞

表示「事情是自然而然／自動／偶然發生的」

→例）風が吹いて、教室のドアが閉まりました。

　　　〈風吹過來，教室的門就關起來了。〉

　　　宝くじが当たって、マイホームを買うという夢がかなった。

　　　〈我中獎了，買房子的夢想成真。〉

②〜が／は　〜を＋他動詞

表示「某人有意識地做出某事」

→例）授業が始まるので、先生は教室のドアを閉めました。

　　　〈要開始上課了，老師把教室的門關起來。〉

　　　彼は一生懸命に努力した結果、医者になるという夢をかなえた。

　　　〈他拼命努力，最後實現了當醫生的夢想。〉

自動詞和他動詞的搭配有下面①〜③這幾種模式，也有像④這樣的例外

①自動詞 -aru	変わる	決まる	上がる	下がる
他動詞 -eru	変える	決める	上げる	下げる
②自動詞-reru	壊れる	汚れる	売れる	割れる
他動詞-su/-ru	壊す	汚す	売る	割る
③自動詞-ru/-u/-eru/-iru	帰る	動く	増える	落ちる
他動詞-su	帰す	動かす	増やす	落とす
④例外　自動詞	開く	続く	育つ	かなう
他動詞	開ける	続ける	育てる	かなえる

還有，漢語動詞的自動詞他動詞對應關係不一，要特別小心。

①自動詞和他動詞同形

問題が解決する／問題を解決する

〈問題解決／解決問題〉

②自動詞用「～する」，他動詞用「～させる」（使役形式）

国が発展する／国を発展させる

〈國家發展／推動國家發展〉

③自動詞用「～される」（被動形式），他動詞用「～する」

新製品が発売される／新製品を発売する

〈新產品上市／推出新產品〉

解 說 II ： 被動句

大家應該都知道像「私は先生に叱られました」〈我被老師罵〉這種「被動句」的造句方式。至於什麼時候應該用「被動句」，則有以下這些規則。

①焦點在「受事者」而非「施事者」時

（和寫文章的人接近者，較容易成為主語）

→例）

△先生は私を叱った。〈老師罵我。〉
○私は先生に叱られた。〈我被老師罵。〉

（焦點在寫文章的人＝「我」）

→例）

△近所のおじさんは妹を叱った。〈附近的阿伯罵妹妹。〉
○妹は近所のおじさんに叱られた。〈妹妹被附近的阿伯罵。〉

（妹妹跟自己比較近）

②要統一句子前後或文章整體的觀點時

→例)

×呉さんは張くんを振って、（張くんは）落ち込んでいるようだ。

〈吳同學甩了小張，(小張)悶悶不樂。〉

○張くんは呉さんに振られて、落ち込んでいるようだ。

〈小張被吳同學甩了，悶悶不樂。〉

（「小張」的觀點）

→例)

弟は遊んでばかりいたので、試験でひどい点数をとってしまった。

〈弟弟整天都在玩，考試成績一塌糊塗。〉

△それで、母は弟を叱った。〈所以媽媽罵弟弟〉

○それで、弟は母に叱られた。〈所以弟弟被媽媽罵了。〉

（弟弟的觀點）

③不需提及「施事者」時

→例)

2012年にロンドンでオリンピックが開かれます。

〈2012年倫敦要舉辦奧運。〉

英語は世界中で話されています。

〈英語通行全球。〉

接著，我們來看看訂正過的作文。

新聞によると、日本では三年以内に会社を辞める若者を増えているそうだ。私の国では若者が転職するのはめずらしいことではないが、では、なぜ日本で若者の早期離職が話題になっているのだろうか。

日本には「転石苔むさず」ということわざがあるように、日本では昔から一つの会社で働き続けることが当たり前だと考えた。しかし、いつリストラするかわからない時代になって、より良い条件の会社に入れたいと思う人が増えてきたのだろう。そして仕事を変わるなら、若いうちがいいと考えて早期離職する人が増えているのではないだろうか。

また、最近の日本の若者は昔と比べて叱る機会を減っているのだそうだ。そのため仕事でミスをして上司が注意すると、「この仕事は自分に向いていない」と否定的に考えて、辞めてしまう人もいるのではないかと思うのである。

私は自分が本当にやりたい仕事をするためなら、転職してもかまわないと思う。ただ、自分が一度やろうと決まった仕事は簡単にあきらめないで、続いてほしいものである。

（訂正注記）
2行目: 者→が
8行目: 考えた→考えられてきた
9行目: リストラする（削除）
10行目: 入れたい→入りたい
11行目: 変わる→変える
14行目: 叱る→叱られる
15行目: を→が、減
16行目: が注意する→に注意される
22行目: 決まった→決めた
23行目: 続いて→続けて

56

看得出來哪裡訂正過嗎？

1.自動詞和他動詞的誤用

●日本では三年以内に会社を辞める若者を増えているそうだ

→…若者が増えている

〈據說日本有越來越多年輕人都在進公司不到三年就離職〉

●より良い条件の会社に入れたいと思う

→…会社に入りたい〈可能是想進條件更好的公司〉

●そして仕事を変わるなら、

→…仕事を変えるなら、〈如果要換工作，〉

●昔と比べて叱る機会を減っている

→…機会が減っている〈和以前比起來，責備的機會較少〉

●一度やろうと決まった仕事は簡単にあきらめないで、続いてほしい

→…一度やろうと決めた仕事は簡単にあきらめないで、続けてほしい

〈一旦決定要做的工作，希望大家不要輕言辭職，應該要持之以恆〉

2.改成被動形式比較好的地方

●当たり前だと考えた

→…と考えられてきた〈向來被認為是理所當然的〉

●いつリストラするかわからない

→いつリストラされるか…〈不知道什麼時候會被裁員〉

●日本の若者は昔と比べて叱る機会…

→叱られる機会〈日本年輕人跟以前比起來，被斥責的機會…〉

●ミスをして上司が注意すると

→上司に注意されると〈犯錯被上司糾正〉

這一課我們學了「自動詞‧他動詞」和「被動」的用法。寫文章時，要隨時留意：你是要站在誰的觀點寫給讀者看。

第8課

　　這一課我們要學的是文章中「接續詞」的用法。所謂的「接續詞」，是指放在句子的開頭，讓前後句關係更加明確的詞語，例如「それで〈所以〉」「しかし〈但是〉」「また〈還有〉」等等。

　　本課主題「接續詞」

　　I・順接接續詞

　　II・逆接接續詞

　　III・並列接續詞

　　IV・其他接續詞

練習

　　林同學看完一篇關於「最近日本家庭成員各別用餐情況增多」的報導，之後寫一篇400字左右的意見文。請找找看哪些地方應該訂正。然後再看【解說】。

文章訂正前

日本では数年前から家族と一緒に住んでいても一人で食事をする人が増えているそうだ。それは「孤食」という問題だ。「孤食」が増えている原因は、仕事をしている親はもちろん、子どもも塾や習い事をしているため、生活が非常に忙しくなっている。

忙しいからと言って、家族が一緒に食事をしなくてもいいと考えるのは問題だと思う。家族全員での食事には、さまざまな意味があるからだ。食事を通して親は子どもに正しい食習慣やマナーを教えることができる。食事中の会話を通して、子どもは学校での出来事や悩みを親に話すことができ、親は子どもの様子を知ることができる。そのような親子の会話を繰り返すことによって、家族は良い関係を作っていけるのではないだとうか。

現代の忙しい生活の中で家族全員が毎日同じ時間に食事をするのは、難しいことかもしれない。それなのに、家族での食事には子どもの教育や家族の絆を深めるという重要な役割があるのである。それで、朝か晩の一食だけ、または休日だけでも家族みんなで食事をするようにもっと努力するべきだと思うのである。

使用接續詞，就可以向讀者預告接下來的內容，讓文章讀起來較通順。另外，接續詞有分口語用的和文章用的，這次我們要學的是寫作時可以用的一些接續詞。

Ⅰ. 順接接續詞

順接接續詞用來表示：接下來要說的內容，可由前述內容推測得知。

① 原因（理由）和結果

「それで〈所以〉」「そのため〈因此〉」「だから〈所以〉」「その結果〈結果〉」這些接續詞，用在前句陳述原因或理由，後句陳述結果時。

還有，要在後句陳述前句的理由時，可以用以前學過的「なぜなら〈為什麼呢？因為〉」或「というのは〈這麼說是因為〉」等接續詞。

→例1）日本の家庭から出るごみの量は年々増え続けている。そのため、ごみの減量化を目的として、最近ではごみの回収を有料化する町が増えてきた。

〈日本家庭排出的垃圾量一年比一年多。因此，最近很多地方政府為了垃圾減量，都開始收垃圾處理費。〉

→例2）私は「ごみ回収の有料化」に賛成である。というのは、ごみを捨てるのにお金がかかれば、市民のリサイクルへの関心が高まり、ごみを減らすことができると考えるからだ。

〈我贊成「收垃圾處理費」。因為我認為：如果丟垃圾要錢，民眾會比較注意資源回收的問題，可以減少垃圾量。〉

② 其他順接接續詞

「では〈那麼〉」承接前句，對讀者拋出問題，或改變話題。

→例）最近、結婚も出産も選ばない女性が増えているそうだ。
では、なぜそのような女性が増えているのだろうか。

〈據說最近選擇不結婚、不生子的女性越來越多。那麼，為什麼這樣的女性會變多呢？〉

「そこで〈因此〉」：承接前句，提出因應方案。

→例）日本では会社に育児休暇制度があっても、ほとんどの男性社員は利用していないという。そこで、その原因を調べるために男性会社員100名にアンケート調査を行った。

〈據說日本的公司就算有育嬰假制度，大部分的男性員工也都沒有申請。於是，為了調查原因，我們針對100名男性員工進行問卷調查。〉

Ⅱ. 逆接接續詞

逆接接續詞用來表示接下來要陳述的內容，與前述內容所推測的不同。

①一般的逆接

要表示下一句的內容與前句所推測的不同，通常會用「しかし〈但是〉」「けれども〈可是〉」「だが〈不過〉」等接續詞。

→例）日本は経済的に豊かな国であると言える。しかし、他の国に比べて、幸福を感じている人の割合が少ないのは、なぜだろうか。

〈日本可以算是一個經濟富裕的國家。不過，跟其他國家相比，覺得自己幸福的人佔比很低，這是為什麼呢？〉

②與預料和期待相反

「ところが〈然而〉」「それにもかかわらず〈即便如此〉」「それなのに〈但是卻〉」這些接續詞用來表示後句的內容出乎意料、讓人期待落空。所以後句也帶有作者感到意外或不滿的意思。

→例）今日の試合は絶対に勝てると思っていた。ところが、実際に試合をしてみると、思っていた以上に相手チームが強く、結局私たちは負けてしまった。

〈我原本以為今天的比賽一定會贏。可是一比才發現對方實力超乎預料，結果我們輸了。〉

③對比

比較兩件事物，並陳述與前句不同的情況時，要用「一いっぽう方」〈另一方面〉「それに対たいして」〈相對於此〉之類的接續詞。

→例）日本では子供の出生率が年々低下している。
一方、全人口における高齢者の割合は、年々高くなっている。

〈日本嬰兒出生率年年下滑。另一方面，高齢者在人口中的佔比則是一年比一年高。〉

Ⅲ・並列接續詞

並列接續詞用來表示接下來要敘述的內容和前句相似。

①並列

要在後面加上和前句類似的內容時，可用「また〈還有〉」「それに〈再加上〉」「そのうえ〈而且〉」等接續詞。還有，並列接續詞也包括一些表示次序的接續詞，例如「まず〈首先〉」「はじめに〈起初〉」「次に〈其次〉」「それから〈之後〉」「さらに〈再進一步〉」「最後に〈最後〉」「そして〈然後〉」。

→例）スマートフォンは、電話はもちろんインターネットも手軽に利用できて便利である。そのうえ、さまざまなアプリケーションをダウンロードすることもできるので、1台あればいろいろな使い道がある。

〈智慧型手機除了電話之外，也可以輕鬆上網，十分方便。而且還可以下載各種應用軟體（APP），一台就有很多用途。〉

Ⅳ · 其他接續詞

①歸納、彙整的接續詞

「よって〈因而〉」「したがって〈從而〉」等接續詞，用在綜上所述，於後句做彙整歸納時。如果前述內容很長，要歸納時就用「このように〈如上所述〉」「以上のことから〈綜上所述〉」之類的接續詞。

→例) 大都市では車やバイクの交通量も多く、歩行者の数も多い。<u>よって</u>、大都市では事故が起きやすいと考えられる。

〈大都市裡汽車機車流量大，步行者人數也多。所以大都市比較容易發生車禍。〉

②換言之

要換句話來說，好讓讀者更清楚瞭解前述內容時，可用「つまり〈也就是說〉」「要するに〈總而言之〉」；要換別的詞語說時，則是用「いわゆる〈所謂的〉」之類的接續詞。

→例1) 日本では出生率が低下している反面、人口における高齢者の割合が高くなっている。<u>つまり</u>、日本は少子高齢化社会なのである。

〈日本出生率下滑，而人口中高齡者佔比攀升。也就是說，日本是一個少子高齡化社會。〉

→例2) 彼は会社に就職せずに、アルバイトで生計を立てている。<u>いわゆる</u>、「フリーター」である。

〈他沒有在公司上班，而是靠打工維生，也就是所謂的「飛特族(freeter)」。〉

接著我們來看看批改過的作文。

日本では数年前から家族と一緒に住んでいても一人で食事をする人が増えているそうだ。~~それは「孤食」という問題だ。~~ いわゆる「孤食」が問題となっているそうだ。「孤食」が増えている原因は、仕事をしている親はもちろん、子どもも塾や習い事をしているため、生活が非常に忙しくなっている。からである

しかし、忙しいからと言って、家族が一緒に食事をしなくてもいいと考えるのは問題だと思う。

なぜなら、家族全員での食事には、さまざまな意味があるからだ。まず、食事を通して親は子どもに正しい食習慣やマナーを教えることができる。さらに、食事中の会話を通して、子どもは学校での出来事や悩みを親に話すことができ、親は子どもの様子を知ることができる。一方、そのような親子のそして、会話を繰り返すことによって、家族は良い関係を作っていけるのではないだとうか。

確かに、現代の忙しい生活の中で家族全員が毎日同じ時間に食事をするのは、難しいことかもしれない。~~それなのに~~ しかし、家族での食事には子どもの教育や家族の絆を深めるという重要な役割があるのである。~~それで~~ したがって、朝か晩の一食だけ、または休日だけでも家族みんなで食事をするようにもっと努力するべきだと思うのである。

看得出來哪裡訂正過嗎？

1.訂正及插入接續詞

●…一人で食事をする人が増えているそうだ。それは「孤食」という問題だ。

　→…一人で食事をする、いわゆる「孤食」が問題となっている。

〈一個人吃飯，也就是所謂的「孤食」情況已成為問題。〉

●忙しいからと言って、…

　→しかし、忙しいからと言って、…

〈但是，就算很忙…〉

●家族全員での食事には、さまざまな意味があるからだ。

　→なぜなら、家族全員での食事には、さまざまな意味があるからだ。

〈因為全家一起吃飯這件事，具有很多種意義。〉

●食事を通して親は子どもに正しい食習慣やマナーを教えることができる。

　→まず、食事を通して親は…

〈首先，父母可以藉由用餐，教導孩子正確的飲食習慣和用餐禮節。〉

●食事中の会話を通して、…

　→さらに、食事中の会話を通して、…

〈還有，透過用餐時的對話，…〉

●そのような親子の会話を繰り返すことによって、…

　→そして、そのような親子の会話を繰り返すことによって、…

〈然後，經由這樣反覆進行親子對話，…〉

●…子どもは学校での出来事や悩みを親に話すことができ、親は子どもの…

　→…子どもは学校での出来事や悩みを親に話すことができ、<u>一方</u>、親は…

〈孩子可以和父母分享在學校的點滴與煩惱，而父母…〉

●それなのに、家族での食事には…重要な役割があるのである。

　→<u>しかし</u>、家族での食事には…重要な役割があるのである。

〈不過，全家一起吃飯有很重要的功用，…〉

●それで、朝か晩の一食だけ、…努力するべきだと思うのである。

　→<u>したがって</u>、朝か晩の一食だけ、…努力するべきだと思うのである。

〈因此，應該設法至少在早餐或晚餐，一天裡找一餐…〉

2.其他訂正

●「<u>孤食</u>」が増えている原因は、…忙しくなっている。

　→「<u>孤食</u>」が増えている原因は、…忙しくなっている<u>からである</u>。

〈「孤食」增加的原因，是因為…變忙碌的緣故。〉

●現代の忙しい生活の中で…難しいことかもしれない。

　→<u>確かに</u>、現代の忙しい生活の中で…難しいことかもしれない。

〈或許在忙碌的現代生活中，的確很難…〉

　這一課我們學到「接續詞」的用法。大家一起好好學會使用適切的接續詞，寫出清晰易懂的文章，可別用錯接續詞，招人誤解了。

第9課

　　這一課，我們要學的是電子郵件的寫法。有別於先前的作文，電子郵件有特定的讀者，所以要注意的是依收件人選擇適當的表達方式，把事情說清楚。

　　本課的主題是「電子郵件的寫法（Ⅰ）」。

　　Ⅰ.電子郵件的基本形式

　　Ⅱ.鄭重有禮的表達方式

練 習

　　唸大四的林同學打算畢業後到日本攻讀研究所。所以他寫了一封電子郵件給大學的田中教授，表示希望能造訪研究室。找找看哪些地方應該訂正，之後再來看【解說】的部分。

宛先：**********@university.ac.jp

差出人：**********@student.com

件名：（無題）

田中教授

こんにちは。

私は△△大学４年の林志雄と申します。

現在、大学で情報工学を専攻しています。また、大学卒業後はそちらの大学の大学院へ進学したいと考えています。

今までに田中先生の『○○』や『○○』などの本を読み、先生の研究内容について興味を持ちました。大学卒業後は、先生の指導のもとで「○○」について研究していきたいと考えております。

それで、お願いがあるのですが、先生がお暇な時に研究室を見学させてください。６月に１ヶ月ほど日本に滞在する予定ですので、６月中にお願いしたいのですが、時間は午前でも午後でもかまいません。

また、私の履歴書も添付しましたので、どうぞご覧ください。

それでは、お早いお返事をお待ちしております。

解說：

我們來學一學電子郵件應該怎麼寫。

1.電子郵件的基本形式

先看看電子郵件的基本形式。

①主旨

在開始寫信件的本文之前，要先寫一個讓人一看就知道信件內容的主旨，而且主旨不要太長。

→例）「推薦書執筆のお願い」〈請寫推薦信〉

「歓迎会の日程について（ご相談）」〈（商量）歡迎會日期〉

②本文的形式

寫信件本文時，順序應該是：「收件者(對方的名字、單位)」→「寒暄問候」→「事情的內容」→「結尾(最後的問候)」→「署名(自己的姓名和單位、聯絡方式)」。

●收件者

寫信時不要一開頭就開門見山地進入主題，最前面要寫收件者。如果寄信的對象是大學教授或公司的合作廠商，還要加上對方的所屬單位，姓名後面再加上「先生〈老師〉」或「樣〈先生／女士〉」等敬稱（敬稱不要用「教授」或「部長」等職稱）。

→例）○○大学△△学部□□学科　山田太郎先生

〈○○大學△△學院□□學系　山田太郎老師〉

○○会社△△課　鈴木三郎様

〈○○公司△△課　鈴木三郎先生〉

●寒暄問候

信件內容的開頭通常都是寫「お世話になっております〈平素承蒙關照〉」、「お疲れさまです〈您辛苦了〉」、「ごぶさたしております〈久疏請安〉」等寒暄問侯語，不過如果是寫信給沒見過面的人，開頭的問侯要寫清楚，讓人知道你是第一次寫信給對方。

→例）はじめまして。〈初次打擾〉
　　　突然のメールで失礼いたします。〈冒昧發信，敬請海涵。〉
　　　突然メールをお送りする失礼をお許しください。

　　　〈貿然致函，失禮之處敬請見諒。〉

寄信給沒見過面的人時，記得再加上簡單的自我介紹。
→例）私は△△大学××学部□□科４年の李と申します。

　　　〈敝姓李，就讀於△△大學××學院□□系4年級〉
　　　現在、卒業研究として「○○」について研究しており、卒業後は大学院で「○○」について研究したいと考えております。

　　　〈我的畢業專題是研究「○○」，畢業後想進研究所研究「○○」。〉

●事情的內容

寫信給長輩、上級或沒見過面的人時，用字遣詞要注意禮貌（請參照「Ⅱ.鄭重有禮的表達方式」）

●結尾

信件的最後，要寫一些結尾敬辭才結束。
→例）それでは、失礼いたします。〈謹此。〉
　　　ご連絡いただきますようお願い申し上げます。〈敬候聯絡。〉
　　　ご多用のところ恐れ入りますが、よろしくお願いいたします。

〈百忙之際如此請託，惶恐之餘，尚請惠賜協助。〉

●署名

就算信件本文中有提到自己的姓名和所屬單位，信件結尾還是必須再寫一次自己的名字。如果要對方回信或聯絡的話，最好再加上自己的聯絡方式。

Ⅱ.鄭重有禮的表達方式

寫信給長輩、上級或沒見過面的人時，要用鄭重有禮的表達方式，以免有失禮數。

①敬語・鄭重語

寫信給長輩、上級時，要用敬語（尊敬語・謙讓語）和鄭重有禮的表達方式。

【鄭重的表達方式】

加「お」的詞語	お時間、お返事、お電話、お考え、お住まい、など
加「ご」的詞語	ご連絡、ご報告、ご意見、ご指導、ご協力、など
對方的學校、公司	貴校、貴社

②對長輩上級請託時的用詞

要拜託長輩上級時，可以用下面這些鄭重有禮的請託用語。

→例）〜ていただけませんか。〈可以請您〜嗎？〉

〜ていただけないでしょうか。〈可以請您〜嗎？〉

〜ていただくことは可能でしょうか。〈不知可否請您〜？〉

〜ていただけると幸いです。〈如果可能的話，很希望您〜。〉

在請託之前加上「恐れ入りますが」〈不好意思〉「お手数をおかけしますが」〈勞駕您幫忙〉等字眼，感覺更鄭重、客氣。

→例）恐れ入りますが、面接の日程を変更していただくことは可能でしょう
　　か。

　　〈不好意思，請問面談的日期可以更改嗎？〉

　　「〜てください」也是一種請託的表達方式，但對長輩上級使用，感覺有點失禮，不要用比較好。還有一些表達方式，對長輩上級用了會顯得失禮，請大家要記住。

【對長輩、上級失禮的表達方式】

命令、指示	〜てください〈請您〜〉
建議	〜たほうがいいです〈最好〜〉
准許	〜てもかまいません、〜ても結構です 〈〜也沒關係、〜也可以〉
催促	早めの返信をお待ちしています〈敬侯早日回信〉
「暇」〈空閒〉一詞	お暇がございましたら、…〈如果您有空閒，…〉 （→お時間がございましたら、…）〈如果您有時間，…〉

　　我們來看看批改過的電子郵件。

文章訂正後

宛先：**********@university.ac.jp

差出人：**********@student.com

件名： ~~（無題）~~ 研究室見学のお願い

宛名 ｛ ~~田中教授~~ □□大学大学院　工学研究科
　　　　　　　　田中次郎先生

~~こんにちは。~~ はじめまして。突然メールをお送りする失礼をお許しください。

私は△△大学４年の林志雄と申します。

現在、大学で情報工学を ~~専攻しています。~~ 専攻しており、卒業研究では「○○」について研究しております。 また、大学卒業後は ~~そちら~~ ~~の大学~~ 貴校 の大学院へ進学したいと考えています。　　　　　日本語も４年ほど勉強しており

~~今までに~~ これまでに 田中先生の『○○』や『○○』 ~~などの本を読み、~~ を拝読し、 先生の研究内容について興味を持ちました。ご著書　大学卒業後は、先生のご指導のもとで「○○」について研究していきたいと考えております。

~~それで、~~ つきましては、 お願いがあるのですが、先生が ~~お暇な時~~ ご都合のよい に研究室を見学させ ~~て~~ ~~ください。~~ いただけないでしょうか。また、私の都合を申し上げ、大変勝手ではございますが、 ６月に１ヶ月ほど日本に滞在する予定ですので、６月中 ~~に~~ ~~お願いしたいのですが、~~ お願いできましたら幸いです ~~時間は午前でも午後でもかまいません。~~

※この文は不要。（はじめてメールを送る場合はむやみにファイルを添付しない）
~~また、私の履歴書も添付しましたので、どうぞご覧ください。~~

ご多用のところ恐れ入りますが、どうぞよろしくお願いいたします。
~~それでは、お早いお返事をお待ちしております。~~

署名 ｛ △△大学工学部　情報工学専攻４年
　　　　林志雄

　　　　　　　　※電話番号やEメールアドレスも書いておくといいでしょう。

看得出來哪裡訂正過嗎？

1.改為正確的電子郵件形式

●沒有「主旨」

→主旨：「研究室見学のお願い」〈請容拜訪研究室〉

●田中教授

→□□大学大学院　工学研究科　田中次郎先生

〈□□大學工學研究所　田中次郎老師〉

●こんにちは。〈你好〉

→はじめまして。突然メールをお送りする失礼をお許しください。

〈初次打擾。冒昧發信，失禮之處敬請海涵。〉

●修正「自我介紹」部分

→現在、…卒業研究では「○○」について研究しております。また、日本語も４年ほど勉強しており、大学卒業後ごは貴校の大学院へ進学したいと考えています。

〈我現在的畢業專題的研究主題是「○○」。日語也學了四年，大學畢業後希望能進貴校的研究所就讀。〉

●お早いお返事をお待ちしています。

→很抱歉在老師公務繁忙之際如此請求，懇請老師惠賜協助。

●沒有「署名」

→△△大学工学部情報工学専攻　林志雄

〈△△大學工學院資訊工程學系　林志雄〉（還要附上聯絡方式）

2.改為鄭重有禮的表達方式

●そちらの大学の大学院へ進学したいと考えています

→貴校の大学院へ進学したいと考えています。

〈希望能進貴校研究所就讀。〉

●今まで田中先生の『○○』や『○○』などの本を読み、…

　→これまで田中先生のご著書『○○』と『○○』を拝読し、…

〈過去曾拜讀田中老師的大作《○○》和《○○》，…〉

●先生の研究内容／先生の指導のもとで

　→先生のご研究内容／先生のご指導のもとで

〈老師的研究内容／在老師的指導下〉

●それで、先生がお暇な時に研究室を見学させてください。

　→つきましては、先生のご都合のよい時に研究室を見学させていただけ

　ないでしょうか。

〈不知可否在老師較方便的時候，前往拜訪老師的研究室。〉

●6月に1ヶ月ほど……時間は午前でも午後でもかまいません。

　→また、私の都合を申し上げ、大変勝手ではございますが、……6月中

　にお願いできましたら幸いです。

〈自己的預定是……如果能在6月時拜訪老師，那就太好了。〉

3.其他修正

　●また、履歴書も添付しましたので、どうぞご覧ください。

　　→第一次寄電子郵件時，不要隨便附加檔案

　（要附加檔案，要先取得對方的同意）

　　這一課我們學到了電子郵件的寫法。我們寫電子郵件時，要注意形式正確、用詞鄭重有禮，才不會讓收信的人感覺失禮。

第10課

上一課我們學了一些電子郵件的基本寫法，這次再接再厲，繼續來看看電子郵件怎麼寫。

本課主題「電子郵件的寫法(II)」

I.鄭重有禮的表達方式（接續上一課）

II.緩衝作用的詞語

練 習

正在日本展開求職活動的黃同學，決定寫電子郵件給大學學長佐藤，拜託他安排公司參訪。請看看信件內容，找一找哪些地方應該訂正，之後再看【解說】的部分。

文 章 訂 正 前

宛先：**********@company.co.jp

差出人：**********@student.ac.jp

件名：OG訪問

（株）ABCインターナショナル
営業部　佐藤良子様

はじめまして。突然のメールで失礼いたします。
私は日本富士大学経済学部経営学科4年の黄美玲と申します。

今回、大学の就職課から佐藤様を紹介いただき、
OG訪問のお願いでご連絡させていただきました。

現在、就職活動中で、佐藤様が働いていらっしゃる（株）ABCインターナ
ショナルにとても興味を持ち、今、貴社の企業研究をしております。

つくましては、お仕事の内容などについてぜひ一度お話をお伺いしたいの
で、佐藤様が都合がいいときに、お時間をいただきたいです。

ぜひ一度ご検討ください。

よろしくお願いいたします。

――――――――――――――――――――――――――

黄　美玲
日本富士大学　経済学部　経営学科4年
住所：〒012-3456　東京都杉並区○○-○○
Tel：090-0000-0000
E-mail：**********@student.ac.jp

――――――――――――――――――――――――――

1.鄭重有禮的表達方式（接續上回）

寫信給長輩或談公事時，有時把平常用的詞語改成比較鄭重的說法會比較好。

①主旨

→例）このあいだは、本当（ほんとう）にありがとうございました。

　　　先日（せんじつ）は、誠（まこと）にありがとうございました。

　　　〈日前謝謝您的協助。〉

→例）スピーチをお願（ねが）いしたいので、先生（せんせい）にご連絡（れんらく）した次第（しだい）です。

　　　スピーチをお願（ねが）いしたく、先生（せんせい）にご連絡（れんらく）した次第（しだい）です。

　　　〈想拜託老師演講，所以和老師聯絡。〉

我們把一些常用的鄭重表現整理如下，請大家記住。

【鄭重有禮的表達方式一覽表】

日常用的表達方式	鄭重有禮的表達方式
昨日（きのう）／今日（きょう）／明日（あした）／明後日（あさって）	昨日（さくじつ）／本日（ほんじつ）／明日（あす）／明後日（みょうごにち）
この前（まえ）、このあいだ	先日（せんじつ）
前（まえ）に、昔（むかし）	以前（いぜん）
さっき	先（さき）ほど
後（あと）で	後（のち）ほど
今（いま）	ただ今（いま）
もうすぐ	間（ま）もなく
すぐに	早速（さっそく）

本当に（ほんとう）	誠に（まこと）
とても、すごく	大変（たいへん）、非常に（ひじょう）
少し（すこ）、ちょっと	少々（しょうしょう）
どう／だれ／どこ	いかが／どなた／どちら
いい	よろしい
すみません（が）	恐れ入ります（おそい）（が）
〜できません	〜いたしかねます
どうぞ	何卒（なにどぞ）（何とぞ）
〜したいと思（おも）って、… 〜したいので、…	〜したく、…

Ⅱ．緩衝作用的詞語（開場引言）

　　正式向人請託，或婉拒人家的邀請時，在說正事之前，要說「恐れ入りますが」（おそい）「申し訳ございませんが」之類的詞語作為緩衝。使用緩衝詞語，可以較委婉地表達不好開口說的話，給人正式有禮的印象。

①請託時的緩衝詞語

　　上一回我們也提過，要拜託別人幫忙時，要說一些緩衝詞語，例如「お忙しいところ／ご多用のところ恐れ入りますが」（いそが）（たよう）（おそい）〈您正忙的時候，真不好意思〉、「お手数をおかけいたしますが」（てすう）〈勞駕您協助〉

　　→例）恐れ入りますが（おそい）、資料の確認をお願い申しあげます。（しりょう）（かくにん）（ねが）（もう）

　　　　〈不好意思，麻煩您確認一下資料〉

　　如果多次拜託別人，或是聯絡好幾次，這時可以說「重ね重ね申し訳ございま（かさ かさ もう わけ）

せんが」〈一再麻煩您真是對不起〉、「たびたびお手数をおかけいたしますが」
〈多次勞駕〉之類的緩衝詞語。

→例）重ね重ね申し訳ございませんが、もう一度データをお送りいただけま
すでしょうか。

〈一再麻煩您真是抱歉，可以拜託再傳一次資料嗎？〉

②道歉、拒絕時的緩衝詞語

覺得對人過意不去時，可以用「誠に／お手数をおかけして申し訳ございませ
んが」〈很抱歉，增加您的麻煩〉「勝手を申し上げて恐縮ですが」〈不情之請，
敬請包涵〉之類的緩衝詞語。

→例）お手数をおかけして申し訳ございませんが、ご連絡くださいますよう
よろしくお願いいたします。

〈增加您的麻煩，真是抱歉。懇請惠賜聯絡。〉

拒絕對方邀請時，則可以說「せっかくですが」〈這麼難得的機會〉、「あい
にく」〈真不巧〉、「誠に残念ながら」〈實在太可惜了〉等等。

→例）せっかくですが、今回は遠慮させていただきます。

〈增加您的麻煩，真是抱歉。懇請惠賜聯絡。〉

③提問時的緩衝詞語

想要提問時，可以用「お差し支えなければ教えていただきたいのですが」
〈如果您不介意的話，想請教一下〉、「お聞きしたいことがあるのですが」〈想
請教您〉等詞語。

→例）お差し支えなければ教えていただきたいのですが、お仕事は何をな
さっていますが。

〈可以請問您從事什麼工作嗎？〉

④提反對意見時的緩衝詞語

　　要反對人家的意見時，可以說「失礼とは存じますが」〈這樣說可能很失禮〉、「大変申し上げにくいのですが」〈這實在是很難說出口〉、「お言葉を返すようで申し訳ございませんが」〈對不起，聽起來可能像是在頂撞〉等等。

　　→例）大変申し上げにくいのですが、そのご意見には賛成しかねます。

　　　　　〈增加您的麻煩，真是抱歉。懇請惠賜聯絡。〉

　　接著來看看批改過的電子郵件吧。

宛先：**********@company.co.jp

差出人：**********@student.ac.jp

件名：OG訪問のお願い

~~（株）~~ 株式会社 ABCインターナショナル
営業部　佐藤良子様

はじめまして。突然のメールで失礼いたします。
私は日本富士大学経済学部経営学科4年の黄美玲と申します。

今回、大学の就職課から佐藤様を紹介いただき、
OG訪問のお願いでご連絡させていただきました。

現在、就職活動中で、佐藤様が ~~働いていらっしゃる~~ お勤めの（株）ABCインターナ
ショナル社に ~~とても~~ 大変 興味を持ち、~~今~~ ただ今、貴社の企業研究をしております。

つくましては、お仕事の内容などについてぜひ一度お話を ~~お伺いしたいので~~ お伺いしたく、佐藤様 ~~が~~ のよろしい ご都合が ~~いい~~ ときに、お時間を ~~いただきたいです~~ いただければ幸いです。

~~ぜひ一度ご検討ください。~~ お忙しいところ大変恐れ入りますが、一度ご検討いただけますでしょか

何卒（どうぞ）、よろしくお願いいたします。

————————————————————

黄　美玲
日本富士大学　経済学部　経営学科4年
住所：〒012-3456　東京都杉並区○○-○○
Tel：090-0000-0000
E-mail：**********@student.ac.jp

————————————————————

看得出來改了哪些地方嗎？

1.改為較鄭重有禮的表達方式

●佐藤様が働いていらっしゃる（株）ABCインターナショナル……

→佐藤様がお勤めのABCインターナショナル社……

〈佐藤學長所服務的ABC國際公司……〉

●インターナショナルにとても興味を持ち、今、貴社の……

→インターナショナル社に大変興味を持ち、ただ今、貴社の……

〈我對國際公司十分感興趣，目前貴公司的……〉

●お話をお伺いしたいので、佐藤様が都合がいいときに、……

→お話をお伺いしたく、佐藤様のご都合のよろしいときに、……

〈想向您請教一二，您方便的時候……〉

●よろしくお願いいたします。

→何卒（どうぞ）、よろしくお願いいたします。。

〈敬請惠賜協助〉

2.追加緩衝詞語

●ぜひ一度ご検討ください。

→お忙しいところ大変恐れ入りますが、一度ご検討いただけますでしょか。

〈百忙之中多加打擾，真是惶恐之至，您請看看是否可行。〉（請長輩、前輩協助時，不要用「～ください」）

3.其他修正

●主旨：「OG訪問」→「OG訪問のお願い」

● (株) ABCインターナショナル

→要寫收件人時，要寫作「株式会社ABCインターナショナル」

（「株式会社」不可省略）

→寫在內文裡則要寫作「ABCインターナショナル社」

●……お時間をいただきたいです。

→……お時間をいただければ幸いです。

〈懇請撥冗賜教〉

（「たいです」表示對人的直接要求，最好不要這麼寫）

　　我們連著兩課學習電子郵件的寫法。電子郵件雖然用起來很方便，但寫正式的電子郵件時，還是該注意使用正確的形式和鄭重有禮的表達方式。

第11課

　　下面是在日本企業工作的葉同學的作文。葉同學是這家公司第一次雇用的外籍員工。工作很愉快，但也有些許困擾。我們來看看他寫了些什麼。

練 習

葉同學以「在公司的經驗」為題，寫了一篇400字左右的意見文。

①找找看哪些地方該訂正。

②想想文章的整體結構和表達方式，該怎麼寫能更有效地伸張自己的意見。

之後再來看【解說】。

　「時間厳守」は仕事をするためにすごく大切なことだ。私はよく了解する。日本の会社で経験したのは、私はとても驚いたことだ。

　朝の掃除。社員は決めた時間から３０分は早き来て掃除をする。自分の机だけじゃなくて、カウーンタや受付を掃除するみたいだ。私も少しの時間の前に行くと社員は何もないみたいに仕事をスタートしている。プレゼンの前に上司は資料を作れと言うから、私は会議に間に合うようにちゃんと作るけど、上司は一日前に「もうできたか？どうして私の前に見せない？」と言う。時間を守るのにどうしてダメ、わからない。そして、大切な事情があるから退社時間になったので、すぐに帰りたいのに、みんな悪い顔になる。

　私が心配しているのは何分前、何時間前後いいかわからない。時間ぴったり、いいと思う。というのは、外国人がたくさん日本で働くために、こんな見えない習慣はやめるべきだが、時間を守ることは良い習慣だ。

解 說：

葉同學向我們介紹了他在公司裡的各種經驗。

我們就從A「文章整體結構、鋪陳」、B「語法、詞彙、表達方式」這兩方面，再看一遍這篇作文。

A.「文章整體結構、鋪陳」

要在限定的字數裡，舉出很多具體實例，同時彙整自己的意見，並不是件容易的事。不過如果能以下面這種方式組織文章結構，看的人可能比較容易瞭解。

開　　始：題目的概要說明、問題的背景、提出問題的理由等等

　　↓

中心・本論：自己的主張、根據、實例

　　↓

結　　尾：總結、確認

葉同學的文章結構也大致是採上述方式。我們先來整理一下葉同學想說的事。

（主張）

① 守時是好事。

② （可是）外國人不容易瞭解日本人做事的方式和對時間、期限的感覺，說清楚一點比較好。

接著，葉同學舉出以下的實例。

（實例）

① 日本人會提早上班，工作前先打掃。

② 上司交代的資料自己在期限內準備好了，可是還說要事先給上司看過，上司說好才能交。

③ 下班時間到，自己準備回家，但同事感覺不快。

如果在「開始」的部分寫出葉同學的（主張）②「外國人不容易瞭解日本人對時間和期限的感覺」，可能比較容易看出文章的鋪陳。

　　舉實例說明，是能加深讀者理解的好辦法，不過舉例時若能聚焦在自己想說的事，文章的展開應該會比較明確。如果例①、②、③都要提的話，說明的內容最好儘量簡潔一點。

　　另外，有了接續詞，讀者就可以預測文章的走向，較容易掌握文章的發展。我們來簡單複習一下接續詞。

復　習　請在（　）裡填入適當的接續詞。

①天気予報では今日は一日中雨だと言っていた。（　　　）青空が広がっている。

　　〈氣象預報說今天整天都會下雨。（　　　）現在是晴空萬里。〉

②私の国では学生はアルバイトをしない。（　　　）日本では高校生でもコンビニなどでアルバイトをしている。

　　〈我們國家的學生都不打工。（　　　）日本連高中生都會在超商之類的地方打工。〉

③私のアパートは学校から遠い。（　　　）朝早く家を出なければならない。

　　〈我租的房間離學校很遠。（　　　）早上得很早就出門。〉

④彼は国から奨学金をもらい、学費にあてている。また、生活費として留学生協会から月15万円をもらっている。（　　　）本人は何も負担しなくて良いということだ。

　　〈他拿國家給的獎學金付學費。還有留學生協會每月給15萬日圓當生活費。（　　　）自己什麼負擔也沒有。〉

⑤病気などの理由による休学を認めます。（　　　）休学期間は最長で６カ月とします。

　　〈因生病等原因可申請休學。（　　　）休學期間最長六個月。〉

⑥スマートフォンの普及が進んできた。（　　）スマートフォンの普及は私たちの生活にどのように影響しているだろうか。

〈智慧手機日益普及。（　　）智慧手機的普及對我們的生活有什麼影響呢？〉

解　答

①【後句內容與前句相反，表示意外的感覺】しかし、だが、ところが

②【與前句作比較】一方、それに対して

③【陳述前句引發的事實或結果】そのため

④【換言之、說結論、總結】つまり、要するに

⑤【補充前句的內容、說明部分例外】ただし

⑥【轉換話題】ところで

請用接續詞，讓文章的走勢更加明確。

接著，我們再從B.「語法、詞彙、表達方式」這方面，再來檢視看看葉同學的文章。

第1～2行	×すごく大切なことだ。 →とても大切なことだ。 〈非常重要。〉
第2行	×私はよく了解する。 →私はそれをよく了解している（つもりだ）。 〈我（以為自己）很清楚。〉

第2〜3行	×日本の会社で経験したのは、…
	→私は日本の会社でとても驚くべき経験をした。
	〈我在日本公司裡有訝異的經驗。〉
	日本の会社で経験したことは、私にとって大おおきな驚きだった。
	〈在日本公司經歷的事，對我來說十分驚奇。〉
第4行	×朝の掃除。
	→まず（は）、朝の掃除である。
	〈首先是早上的打掃。〉
第4〜5行	×社員は決めた時間から30分は…
	→社員は決められた時間より30分も（は）早く来て、掃除をする。
	〈員工會提早30分鐘進公司打掃環境。〉
第5〜6行	×自分の机だけじゃなくて、カウーンタや…
	→自分の机だけではなく、カウンターや受付の掃除をしている（するそうだ／するようだ）。
	〈除了自己的桌子之外，還會打掃櫃台、服務台。〉
第7〜8行	×私も少しの時間の前に行くと…
	→私が始業時間の少し前に行くと、社員は何事もなかったかのように、仕事を始めている。
	〈我提早幾分鐘進公司，發現其他職員都像沒發生什麼事一樣，開始工作了。〉

第9〜10行	×上司は資料を作れというから…
	→上司に資料を準備するように言われたので、私は会議に間に合うようにしっかり準備していたが、…
	〈上司叫我準備資料，我確實在開會前準備好了，可是…〉
第10〜12行	×上司は一日前に「もうできたか？…
	→プレゼンの前日、上司に資料ができているかどうか、どうして事前に見せないのかと言われた（聞かれた）。
	＊プレゼン＝presentation的省略說法
	〈在簡報前一天，上司來問我：資料好了沒有？為什麼不事先拿給他看？〉
第12〜13行	×時間を守るのにどうしてダメ、わからない。
	→時間を守っているのにどうしていけないのかわからない。
	〈我不懂，我明明遵守時間，為什麼還不對。〉
第13〜15行	×大切な事情があるから退社時間になったので、…
	→退社時間になり大切な用事もあったので、すぐに帰ろうとすると、みんな（他の同僚）から嫌な顔をされた。
	〈下班時間到了，而且我有重要的事，所以想立刻回家，結果大家(其他同事)臉色都很難看。〉

第16～17行	×私が心配しているのは何分前、何時間前…
	→心配なことは、決められた時間に対してどのくらい前、後に行動したらいいかわからないことだ。
	〈我怕我不懂應該在規定時間的多久之前，或是多久之後採取行動。〉
	心配なことは、日本人の時間や期限に対する感覚が理解できないことである。
	〈很擔心我搞不懂日本人對時間和期限的感覺。〉
第17～18行	×時間ぴったり、いいと思う。
	→時間ちょうど（に行動するの）がいいと思う。
	〈我覺得準時(行動)比較好。〉
第18～20行	×外国人がたくさん日本で働くために…
	→外国人がたくさん日本で働けるように（働くために）、このような暗黙のルールはやめるべきだ（と思う／ではないだろうか）。
	〈我認為，要增進外國人在日本就業，應該要改掉這種潛規則。〉

如果能多留意口語和書面語的差異，還有句尾的規定(前後呼應關係)，這篇文章會更棒。還有，可以增加一些像「何事もなかったかのように…」〈像沒發生過什麼事一樣…〉「暗黙のルール」〈潛規則〉之類的日語表達方式，文章看起來會更加簡潔。

請看一遍訂正過的作文，好好確認一下。

文章訂正後

　　時間厳守が大切だということは理解できる
が、日本人の時間や期限に対する感覚はよく
理解できない。会社で経験したことは、私に
とって大きな驚きだった。
　　まず、社員が始業時間より30分も早く出社
し、身も周りだけでなくさまざまな所を掃除
していることに驚いた。私が始業時間の少し
前に出社すると、社員は何事もなかったかの
ように仕事を始めている。また、上司にプレ
ゼン用の資料を準備するように言われ、会議
に間に合うように準備していた。会議の前日
になり、資料ができたか、なぜ事前に見せな
いのかと言われてしまった。その上、退社時
間になり大切な用事もあったのですぐに帰ろ
うとすると、同僚から嫌な顔をされた。
　　決められた時間や期限に対してどのくらい
前、後に行動したらいいかわからない。これ
から日本で働く外国人は増えると思うので、
このような暗黙のルールはやめるべきではな
いだろうか。

第12課

　　每年都有各式各樣的新產品問世。像電腦、手機、家電、生活雜貨等，天天都會出現讓人覺得「想要擁有」的東西。現在還有一些家電製品可以用智慧手機操控，讓生活變得更方便愉快。為了省電，筆者也換了一台冰箱。各位買了什麼？

練　習

　　段同學以「新事物(新產品)問世對我們的社會及日常生活有何影響」為題，寫了一篇400字左右的意見文。

　　①找找看哪些地方應該修改。

　　②從文章整體架構和表達方式來看，思考如何更有效地主張自己的意見。

　　之後再來看【解說】。

文章訂正前

新しい物・サービスを生まれることは、私たちの生活がどんな影響があるか。例えば洗濯機・掃除機だ。とても生活が便利で時間が短くなって世話ない。もっと家族の時間が増えると、妻も外で働くことにした。他にもいろんな…また、パソコンだ。知恵とか知識とか、インターネットの中に何でもある。多い人の協力はだんだん必要ない。わからないことがすぐにわかる。一方、ネットで恋愛もできる。直接の人間関係がなくても大丈夫なんだ。

　毎日いっぱいの新しい商品を出ている。お客様の声を聞くは、当然なんだから、多く企業の経営者が関心を高くなっている。お客様の声を伺って、良くて新しい物を作ったり、新しいサービスをあげたりする。

　以上、新しい物、サービス誕生にしたがって、現代人の生活は便利になったが、人間の関係は少なくなったと思う。商品化は今後も続くから、こんな変化も続くかもしれない。

那麼我們就從A「文章架構與展開」、B「語法、詞語及表達方式」這兩方面，重新來看看這篇作文吧。

A.「文章架構與展開」

文章架構有很多種形式，不能說哪一種最好，上個月我們介紹過一種讓作者和讀者都比較容易瞭解的文章架構。

開　　始：題目的概要說明、問題的背景、提出問題的理由等等

　　↓

中心・本論：自己的主張、根據、實例

　　↓

結　　尾：總結、確認

段同學在作文的開頭（開始的部分）先舉出洗衣機、吸塵器、電腦等實例，並陳述意見。其實在作文的開頭，如果能先說明題目的概要和背景，文章讀起來應該會比較清楚易懂。

接著，我們來找找文章裡段同學所提的主張。

（主張）

新しい物・サービスにより、生活が便利になり、自由な時間が増える。一方、人間同士のつながりが希薄になる。この傾向は続いていくだろう。

〈有了新的事物、新的服務，生活會變得更方便，也會有比較多屬於自己的時間。但另一方面，人與人之間的關係會變得疏遠。這種傾向應該會越來越明顯。〉

接著，葉同學舉出以下的實例。

（實例）

① 洗衣機和吸塵器這些機器能幫人做工作，所以我們可自由運用的時間就變多了。

② 利用網際網路之類的系統，可以立即找到很多知識、點子，自己一個人就能解決問題，不必依靠別人。

③ 由於有戀愛交友網站等系統，直接接觸的人際關係越來越少。

文章中列出生活中常見的根據、實例，所以讀者很容易瞭解段同學的主張。至於最後「結尾」的部分，建議不要用「〜かもしれない」〈或許〉，而是改用「〜ではないだろうか」〈應該〉或「〜だと思う（考える）」〈我認為〉這類強調自己意見的句尾形式，這樣可以讓讀者加深印象。

接著我們再從B.「**語法、詞語及表達方式**」的角度，重新來看看段同學的文章。

第1行	×新しい物・サビースを生まれることは →新しい物（新商品）やサービスが生まれる（誕生する）ことは 〈新的事物（新商品）或服務的出現。〉
第1〜2行	×私たちの生活がどんな影響があるか。 →私たちの生活にどのような影響があるか（あるだろうか）。 〈對我們的生活會有怎樣的影響？〉
第3〜4行	×とても生活が便利で時間が短くなって世話ない。 →生活が非常に便利になり、時間や手間もかからない。 〈生活變得非常方便，也不必費時、費工夫。〉

第4〜5行	×もっと家族の時間が増えると、妻も外で働くことにした。 →家族で過ごす時間が増える。また（そして）自由な時間が できることで、妻（女性）も外で働けるようになる。 〈全家共度的時間增加。而且有了可自由運用的時間，太太們 （女性）也可以在外工作。〉
第5〜6行	×他にもいろんな… →他にもさまざまな良い点がある。 〈還有很多其他的優點。〉
第6行	×知恵とか知識とか →知恵や知識 〈智慧和知識〉
第7〜8行	×多い人の協力はだんだん必要ない。 →多くの人々の協力は次第に必要なくなった（なくなってき た）。 〈逐漸變得不需要很多人的幫助。〉
第10〜11行	×直接の人間の関係がなくても大丈夫なんだ。 →直接的な人間関係がなくても大丈夫である。 〈沒有直接的人際關係也無所謂。〉 直接的な人間関係を必要としない。 〈不需要直接的人際關係。〉

第12行	×毎日いっぱいの新しい商品を出ている。 →毎日（日々）、多くの新商品が出ている（登場している／発売されている）。 〈每天都有很多新商品問世。〉
第12〜13行	×お客様の声を聞くは、当然なんだから →お客様の声を聞くのは当然であるから 〈當然要傾聽顧客的意見。〉 　お客様の声に応えるのは当然だから 〈當然要因應顧客的意見。〉
第13〜14行	×多く企業の経営者が関心を高くなっている。 →企業の経営者の多くが高い関心を寄せている。 〈許多企業經營者都十分關心。〉
第16行	×サビスをあげたりする。 →サービスを提供したりする。 〈提供服務〉
第17〜18行	×以上、新しい物・サビース誕生にしたがって、現代人の生活は便利になったが、 →以上のように、新しい物（新商品）やサービスの誕生により、現代人の生活は便利（快適）になったが、 〈就像以上所說的，新東西（新商品）或服務的出現，使得現代人生活更方便（舒適），不過〉

第18～19行	×人間の関係は少なくなったと思う。 →人間関係は希薄になったと思う。 〈人際關係變淡薄了。〉
第20行	×こんな変化も続くかもしれない。 →このような変化（傾向）が続いていくのではないだろうか。 〈這種變化（傾向）應該會持續下去（越來越明顯）吧。〉

　如果能多留意口語和書面語的差異，注意句尾的限制用法（呼應用法），文章就會更加精進。各位同學不妨記住並運用下面這些表達方式：「手間がかかる／かからない」〈費／不費工夫〉、「顧客の声（ニーズ）に応える」〈反應顧客的意見（需求）〉、「物やサービスを提供する」〈提供東西或服務〉、「関心を寄せる」〈關注〉、「人間関係が希薄になる」〈人際關係變得淡薄〉。

　下面要向大家介紹一個很好用的表達方式，不只在這個月的作文裡，日常生活中也可以用。

「～から解放される」 〈脫離、解脫、擺脫〉

例） 多くの女性は家事から解放され、自由な時間が増えた。

　　〈許多女性擺脫家事的束縛，多了一些可以自由運用的時間。〉

１） 試験のプレッシャーから解放され、ほっとした。

　　〈甩開考試的壓力，鬆了一口氣。〉

２） 上司から頼まれた面倒な仕事から解放され、ようやく自分の仕事ができる。

　　〈不必再做上司交代的麻煩事，總算可以做自己的工作了。〉

　「解放する」指鬆綁，讓原本束縛住的人或物自由，就像「犯人グループは人質を解放する」〈犯罪集團解放人質〉，也可以用來指時間或精神方面。

　再看一遍訂正過的作文，好好確認一下。

文章訂正後

1 　　日々、多くの新商品が誕生している。顧客
2 の声を聞き、それに応えるのは企業の役割で
3 ある。顧客の声に応え、良質の新しい商品や
4 サービスの提供をするが、それらは私たちの
5 生活にどのような影響を与えるのだろうか。
6 　　まず、洗濯機や掃除機のように、生活を便
7 利にし、それに費やす時間や手間を軽減する
8 ことが挙げられる。家族で過ごす時間や女性
9 の職場進出の機会も増える。
10 　　そして、インターネット上のサービスによ
11 り、人々の知恵や知識が共有できることで、
12 問題解決のために昔のように多くの人々の協
13 力が必要ではなくなった。疑問があればネッ
14 トで調べる。さらに、直接的な人間関係を必
15 要としないネット上での恋愛もできるように
16 なった。
17 　　以上のように、新商品・サービスの誕生に
18 より現代人の生活は便利になる一方で、人間
19 間係は希薄になったと思う。今後もこの傾向
20 は続いていくのではないだろうか。

第13課

你訂定今年日語的學習目標了嗎？學習目標有很多種，像是通過日語能力檢定、留學、考大學、就業等等。

透過「書寫」，我們可以審視過去、現在和未來的自己，逐步建構出「自我」。期盼能在這個講座中，和大家一起分享寫作的喜悅，體驗溝通的樂趣。筆者會持續協助大家，希望大家能「寫出自信，寫得開心」。

練 習

洪同學想進跟貿易有關的公司工作，寫了一份要寄給公司的自我介紹（字數限定400字左右）。

1. 找找看哪些地方應該修改。

2. 想一想該怎麼改比較好。

之後再看【解說】的說明。

文章訂正前

私は2008年台湾から洪と申します。私の長所は明るいと、はっきりです。悪い所もいろいろあります。例えば時間守らないとか、忘れっぽい…明るいのは例えば、バイトの時、他のスタッフにいいねと言う。お客さんも私の挨拶が好きだ。雰囲気がいいし売り上げを手伝います。

さらにはっきりことは、例えば前にこんなことがあった。店長が新メニューを考えて、私に食べさせた。まずいとは言えないまでもおいしくない。他の日本人は「いいですよ。売りますよ」と言うけど、お客様と店のことが大切ですから、本当のコメントとアイデイアーを店長に言った。「まずいではないけど、売れるかどうか。味、もうちょっと…」と言ったら、店長は怒るみたいでびっくりしたようだ。でも、後で、私にほめてくれた。後で、私のアイデイアーを使って、もう一度メニューをみんなで考えましたが、できたらとてもうれしかったです。御社に入りましたら、私は長所によって、営業部でグローバルの感覚で御社の役に立ちたいと存じます。

從洪同學的自我介紹中，可以看出他個性很開朗。他和店長、同事們相處融洽、認真工讀的模樣歷歷在目。寫得很不錯，遵守「400字左右」的規定。若有規定「〜字左右」，一般是指規定字數的10%前後（400字就是指360字〜440字）。

接著我們就來檢查看看洪同學的自我介紹。

重點1： 文體

一般來說，自我介紹最好使用「です／ます體」。用「だ／である體」也不算錯，但有些人可能會覺得冷冰冰的、缺乏感情。還有，洪同學的自我介紹裡既有「です／ます體」，又有「だ／である體」，應該統一使用一種。

重點2： 展開與段落結構

我們重新來看看洪同學自我介紹的展開和段落結構。

1.自我介紹（赴日時期、姓名、國籍）

2.優點

3.缺點

4.優點①：個性開朗

例）打招呼元氣十足，廣受好評。

⇒店內氣氛和樂，業績也隨之成長。

5.優點②：能清楚表達意見

例）店長詢問自己對試作品的意見時，能坦白陳述意見，並提出改進建言。

⇒為店鋪和顧客開發出好的新菜色。

和店長及其他同事建立起真正互助合作的關係。

6.自己在公司裡可以如何發揮實力／未來藍圖

　　　內容和架構大致良好，只是在寫字數有限的自我介紹時，或許可以不必寫「3.缺點」。這樣內容展開會比較明確，也會比較通順。還有，優缺點持平並列是很好，不過這畢竟是自我宣傳的文章，最好再加上如何把缺點化為優點的改進對策。

例）私は責任感が強いためか、大事な場面でプレッシャーに弱い点があります。ですから、普段から冷静に物事に取り組むようにしています。

〈或許是因為我責任感很強，重要場合時常覺得壓力很大。因此平時我會注意做事保持冷靜。〉

　　　在自我介紹的最後，建議再明確指出公司所期待的人材和自己的條件有多麼吻合。

例）私の長所は、四年間の留学生活で身につけた新しい環境への適応力です。常に新しい分野の開拓を目指す企業で、その力を発揮し、積極的に新事業に取り組んでいきたいと思います。

〈我的優點是歷經四年的留學生活，磨練出對新環境的適應力。希望能在不斷設法開拓新領域的企業中，發揮自己的實力，積極投入新的事業。〉

重點3： 加入具體的經驗、小故事

　　　洪同學的自我介紹中提到兩段經驗。具體的小故事對讀者來說，不但較容易理解，也比較容易想像作者是個怎樣的人。

例）私は一度決めたことは最後までがんばりぬくことができます。聴解が苦手だった私は、日本語のＣＤを毎日一時間聞き続け、聴解力を伸ばし、目標だった日本語能力試験Ｎ２に合格することができました。

〈我一旦下定決定，就會努力堅持到底。以前我日語聽力很差，於是我每天都聽1個小時的日語CD，提升聽解能力，最後成功達到目標，通過了

像這樣以具體經驗為例：「每天聽1小時的CD」、「通過日語能力檢定N2」，也能給人正面的印象。

重點4： 語法、詞語、日語應有的表達方式

最後我們再來看看「語法、詞語、日語應有的表達方式」這部分，有什麼該修改的地方。

第1行	×私は2008年台湾から洪と申します。 ⇒2008年に来日した台湾の洪と申します。 〈我姓洪，2008年從台灣來到日本。〉
第1〜2行	×私の長所は明るいと、はっきりです。 ⇒私の長所は明るく、はっきりと意見を言えることです。 〈我的優點是個性開朗，能清楚表達意見。〉
第3〜4行	×例えば時間守らないとか、忘れっぽい… ⇒例えば、時間を守らないことや忘れっぽいことが短所です。 〈缺點有：不守時、健忘等。〉
第4〜5行	×明るいのは例えば、バイトの時、他のスターフにいいねと言う。 ⇒性格が明るいことで、アルバイトの時に他のスタッフに褒められたことがあります。 〈我個性開朗這點，在打工時被同事誇獎過。〉

第6〜7行	×雰囲気がいいし売り上げを手伝います。
	⇒雰囲気も良くなり、売り上げに貢献します（しました）。
	〈氣氛變好，帶動業績成長。〉
第8〜9行	×さらにはっきりことは、例えば前にこんなことがあった。
	⇒二番目の長所として、はっきりと意見を言えることがあげ
	られますが、以前、このような経験がありました。
	〈第二個優點是能清楚表達意見。以前有過這樣的經驗。〉
第12行	×…売りますよ」と言うけど、
	⇒売れますよ」と言いましたが、
	〈說「會賣得很好」，〉
第13〜14行	×アイデイアー
／第18行	⇒アイディア（提案）〈提議、建議〉
第14行	×まずいではないけど、
	⇒まずくはないのですが
	〈雖然不難吃〉
第16〜17行	×店長は怒るみたいでびっくりしたようだ。
	⇒店長は怒りだしそうでしたし、びっくりした（驚いた）よ
	うでした。
	〈店長看起來有點生氣，又有點驚訝的樣子。〉
第17行	×私にほめてくれた。
	⇒（私を）ほめてくれました。
	〈誇我做得好〉

第21行	×長所によって ⇒長所を生かして 〈發揮優點〉
第21～22行	×グローバルの感覚で ⇒グローバル（な）感覚を持った社員として 〈作為一個有國際觀的員工〉

請再看一遍批改過的作文，確認裡面的內容。

你的優點是什麼？不妨試著跟朋友聊聊優缺點，或許能發現以前自己沒注意到的長處。多練習用日語來表達，對自我介紹、演講、面試都很有幫助。

文章訂正後

私は2008年に来日した台湾の洪と申します。
私の長所は明るく、きちんと意見を言えるところです。
　これまで飲食店で約４年、アルバイトをしてきました。飲食店ではいかに楽しくお客様に飲食を提供するかが求められています。笑顔で挨拶することが基本です。他のスタッフやお客様にいつも私の明るさを褒めていただきました。店の雰囲気も良くなり、売り上げに貢献できました。また、新メニューを考えていた店長に試食するように頼まれたことがありますが、店のことを第一に考え、私は率直に試作品の評価や改善策を店長に伝えました。叱られるかと思いましたが、逆に評価していただきました。改善策をもとにみんなで新しいメニューを作ることができた時は、とてもうれしかったです。
　御社のように常に新しい分野を開拓する姿勢の企業で、私の長所である明るさと新しいものに積極的に取り組める能力を活かし、成果を出していきたいと思います。

第14課

　　二月是日本最冷的季節，高中和大學的入學考就在這時候展開，對考生來說，這是個壓力很大的季節。考生的家人都會小心翼翼地注意別用「すべる」〈滑、落榜〉「落ちる」〈落、落榜〉這些代表落榜的詞。

　　雖然這時節很冷，但草木、花朵都盡量向下扎根，拼命等待即將來臨的春天。我們也該努力度過寒冬，邁向自己的目標。這次一起來看看留學生黃同學寫的志願理由說明書。

練 習

黃同學寫了一封志願理由說明書（約400字），要寄給想應徵的公司。

1.找找看，哪些地方應該訂正。

2.想想看，該怎麼訂正。

然後請看【解說】。

文章訂正前

1 　　私は販売部の仕事に関心します。どうして
2 ですかと言うと、私は子供服を売るの仕事の
3 経験があります。販売部で働く上で、お客様
4 もニーズによって、すぐ応対したり、いいコ
5 ミュニケーションします。だから、御社で仕
6 事を勉強したり、働く（特に興味は販売）の
7 を希望します。
8 　　私は学生時代にボランティーアーグループ
9 で活動しました。活動によって、ボランティ
10 ーアーは大切な活動です。老人とか満足しそ
11 うな顔を見てうれしかったです。
12 　　それに、私は大学２年生なのにリーダーに
13 なり、３年間がんばって、先輩と後輩の問題
14 がありますが、先輩と話して、それで後輩の
15 いいポイントがありますから、それを大切に
16 します。この経験からみんなで団結が大切で
17 す。リーダーは私に対していい経験だっだん
18 です。日本の東北やいろいろなところに行き
19 ました。
20 　　先輩から聞いて御社はいい会社と聞きまし
21 たから少しでもお役に立ちたいです。それに
22 英語も少々できますから、私の経験を使って
23 ぜひ、がんばります！

　　上一回我們學過「統一文體」。黃同學的志願理由說明書寫得很不錯，不但注意到文體的統一，也謹守400字左右的字數規定。雖然在「添加具體事蹟、經驗」這部分稍待加強，不過還是能感受到黃同學「我想加入公司團隊」的意願。

　　一起來檢查看看黃同學的志願理由說明書吧。

重點1：　文章展開與段落架構

　　志願理由說明書的寫法有很多種，不過建議大家可以在下筆前先想想以下幾點，記下簡單的摘要，據此展開。

　　①為什麼想進這家公司，而不是其他公司。

　　②想在這公司裡做什麼？

　　③在這家公司工作，是否與本身的經驗、能力，以及對未來的夢想和希望有所

　　　關聯。

我們就這三點，再來看一遍黃同學的志願理由說明書。（前頁未批改過的原文）。

　　①…第20行：御社はいい会社と聞きました。

　　　　〈聽說貴公司是好公司。〉

　　②…第1行：販売部の仕事に関心します。

　　　　〈我關心銷售部的工作。〉

　　　　第6行：仕事を勉強したり、働く（特に興味は販売）のを希望します。

　　　　〈我希望能學習工作內容、工作（尤其興趣在銷售）。〉

　　③…第2行：子供服を売るの仕事の経験があります。

　　　　〈我有賣童裝的工作經驗。〉

　　　　第10行：老人とか満足しそうな顔を見てうれしかったです。

　　　　〈看到老人之類的滿意表情，感覺很欣慰。〉

第17行：リーダーは私（わたし）に対（たい）していい経験（けいけん）だったんです。

〈組長對我是很好的經驗。〉

第22行：英語（えいご）も少々（しょうしょう）できますから〜

〈我也會一點英語，所以〜〉

①…「いい会社（かいしゃ）」〈好公司〉是一種很抽象的表達方式。應該具體寫明是哪裡好，為什麼會覺得這公司吸引你。

例）入社後（にゅうしゃご）１年（ねん）で店長（てんちょう）になった方（かた）もいると伺（うかが）いました。年齢（ねんれい）に関係（かんけい）なく、努力次第（りょくしだい）で責任（せきにん）ある仕事（しごと）を任（まか）せていただけるという実力主義（じつりょくしゅぎ）の社風（しゃふう）に魅力（りょく）を感（かん）じました。

〈聽說有人進公司1年就當上了店長。這種不論年齡，只要肯努力就能被委以大任的實力主義風氣，讓我覺得深受吸引。〉

②…我們可以看出黃同學想從事銷售的工作，不過理由最好再寫明確一點。

例）販売（はんばい）という仕事（しごと）に関心（かんしん）を持（も）ったのは、私（わたし）のアルバイトの経験（けいけん）からです。お客様（きゃくさま）とのコミュニケーションを通（とお）して、そのニーズにすばやく対応（たいおう）することで、満足（まんぞく）して商品（しょうひん）を購入（こうにゅう）していただけるということに喜（よろこ）びとやりがいを感（かん）じました。

〈我對銷售工作感興趣，源自於打工的經驗。透過與客人的溝通，迅速回應客人的需求，讓客人心滿意足地買下商品，讓我覺得很開心，也很有成就感。〉

③…黃同學在學生時代經由打工和參加志工團體活動，累積了許多經驗。文章裡寫著「うれしい」〈很高興〉、「いい経験」〈是很好的經驗〉，我建議要說清楚是高興什麼、好在哪裡。還有，應該要解釋這些經驗和所學到的能力，和黃同學想從事的銷售工作有什麼關係，這點也很重要。

例）ボランティア活動（かつどう）の経験（けいけん）から、相手（あいて）の気持（きも）ちや、今（いま）その人（ひと）が何（なに）を必要（ひつよう）としているかを理解（りかい）し、対応（たいおう）していく能力（のうりょく）を身（み）につけました。的確（てきかく）にす

ばやく対応することで、相手に喜んでもらえたときは、非常にやりが
いを感じました。この能力を営業の仕事でも生かし、一人でも多くの
お客様に満足していただけるようがんばりたいと思います。

〈從志工活動的經驗中，我學會如何理解對方的感受與當時的需求，又
該如何因應。因為準確、迅速的因應使對方滿意，這時特別有成就感。
我希望能把這種能力運用在業務工作上，致力贏得更多顧客的滿意。〉

重點 2： 展現自信與積極面

日本人認為謙虛是一種美德，像平常生活中也常說「英語についてはそれほ
どの力はありませんが…」〈我英語不是很好…〉、「自信はありませんが、ぜひ
御社で勉強させていただきたい…」〈我沒什麼自信，但希望能在貴公司努力學習
…〉。但是在志願理由說明書和自我介紹、面試時講這些話，會淡化人家對你的印
象。不要太謙虛，應該正確地表達你的想法、能力和期望。當然，你可能會擔心自
己缺乏經驗、沒有自信，這時不妨試著補充說明自己會如何克服。

例）営業の仕事は未経験ですが、留学生活で培かった「楽しみながら新しい
ことに何でも挑戦していける」積極性と柔軟性を生かし、海外での新
規出店に携わる仕事をしてみたいと考えています。

〈我沒有業務方面的經驗，但我從留學生活中培養出「能樂觀迎接任何
新挑戰」的積極與彈性，希望能發揮這一點，從事在國外開設新店的工
作。〉

「（～で培った）…を〇〇に生かす」〈把（在～培養出來的）…運用在〇
〇〉是一種很方便的表達方式。

例）運動部の活動で培かった粘り強さを就職活動に生かす。

〈我要把在運動社活動中培養的百折不撓精神運用在求職活動上。〉

サークル活動で培かった人間関係を今後に生かす。

〈我以後要多運用在社團活動培養出來的人際關係。〉

重點3： 語法、詞語、道地的日語表達方式

我們再從「語法、詞語、道地的日語表達方式」這方面來檢視看看。

第1行	×私は販売部の仕事に関心します。 ⇒私は販売職を希望しております。 〈我希望從事銷售的職務。〉
第1〜3行	×どうしてですかと言うと、私は子供服を… ⇒子供服の店で販売スタッフとして働いた経験があるからです。 〈因為我有在童裝店擔任銷售人員的經驗。〉
第3〜5行	×販売部で働く上で、お客様のニーズによって… ⇒販売の仕事は顧客のニーズにすばやく対応することや、お客様とのコミュニケーションが重要だと思います。 〈我認為銷售工作的重點，是要及時回應顧客的需求，以及與顧客互動。〉 ⇒販売部で働く上で重要なのは、顧客のニーズにすばやく対応することや、お客様とのコミュニケーションだと思います。 〈我認為在銷售部工作，重要的是要及時回應顧客的需求，以及與顧客互動。〉
第5行	×だから ⇒ですから〈所以〉
第5〜6行	×仕事を勉強したり ⇒研修（経験）させていただき〈研習（經歷）〉 註：公司不是領薪水來學習的地方，所以最好別在求職的志願理由說明書中這麼寫。

第6～7行	×働く（特に興味は販売）のを希望します。 ⇒販売職を希望します。〈希望從事銷售職務。〉
第8行 第9行	×ボランティーアーグループ ⇒ボランティア〈志工〉
第9～10行	×活動によって、ボランティーアーは大切な活動です。 ⇒（活動を通して）ボランティアは大切な活動だということ が分かりました。 〈（透過活動）我瞭解到志工是一種很重要的活動。〉
第10～11行	×老人とか満足しそうな ⇒お年寄りが満足している顔／お年寄りの満足した顔 〈老人家滿意的表情〉
第12行	×それに ⇒また〈再者〉
第12～17行	×私は大学2年生なのにリーダーになり…みんなで団結が大 切です。 ⇒私は大学2年生からリーダーを3年務ました。上下関係の 難しさはありましたが、先輩との話し合いの中から、それ ぞれの長所を生かし組織づくりをしていくことの大切さと 面白さを学びました。 〈我從大二開始，3年來一直擔任組長，曾遇過上下溝通的問 題，不過從和學長姐的談話中，我學到發揮各人所長來建構 組織有多麼重要，又是多麼有趣。〉

第17～18行	×リーダーは私に対していい経験だったんです。 ⇒私にとってリーダーを務めたことはとても良い経験でした。 〈對我而言，擔任組長是一個很棒的經驗。〉
第20行	×先輩から聞いて御社は… ⇒御社の（特徴／良いと思った点）に魅力を感じました。 〈貴公司的(特色／優點)非常吸引我。〉
第23行	×ぜひ、がんばります！ ⇒がんばります。〈我會好好努力。〉 註：「ぜひ」用來表示期盼，例如「ぜひ来てもらいたい」、 　　「ぜひ来てください」〈請務必到場〉。提只跟自己有關 　　的事，或表示自己的意志時，不能用「ぜひ」，可以用 　　「きっと」「必ず」〈一定〉。 ×今年はぜひ、富士山に登ります。 ⇒今年は必ず富士山に登ります。 〈今年我一定要去爬富士山。〉 ○日本に行ったらぜひ伺います。 〈去日本時一定去拜訪您。〉 （因為牽涉到對方，所以可以用「ぜひ」） 註：請注意，除非是私人的書信和電子郵件，否則作文是不用 　　「！」「？」「…」「！？」之類符號的。

請再讀一遍訂正過的作文，好好確認看看。

下一課我們再一起努力吧。

　　私は販売職を希望しております。子供服の店で販売スタッフとして働いた経験があります。販売の仕事は顧客のニーズにすばやく対応することや、お客様とのコミュニケーションが重要だと思います。

　　学生時代、ボランティアグループで活動をしました。活動を通じて、相手の気持ちや今何が必要かを理解し、対応していく能力を身につけました。的確にすばやく対応することで相手に喜んでもらえた時は、やりがいを感じました。

　　また、そのグループで大学2年生からリーダーを3年務めました。上下関係の難しさはありましたが、先輩との話し合いの中から、それぞれの長所を生かし、組織づくりをしていくことの大切さとおもしろさを学びました。

　　御社では入社一年目から販売の責任ある仕事を担当できると聞き、実力主義の社風に魅力を感じました。入社後は、お客様に満足していただけるよう経験を積み、これまでの経験で培ったコミュニケーション力や組織づくりの能力を生かしていきたいと思います。近年、御社が力を入れている海外での新規出店に携わる仕事をしたいと考えております。

第15課

　　在三月這個時節，日本寒冷的冬天總算要結束了，全國各地的學校都在舉行畢業典禮，職場則是辦歡送會。很多人都要和同伴或熟悉的地方揮手告別，邁向新的旅程。

　　有些地方比較早，三月下旬櫻花就開始綻放。我們一起等待即將來訪的春天，或期待遇見新的人事物，同時也一起來好好學日語。

　　這一課是志願理由說明書的第二回。吳同學想申請就讀美容專門學校，我們來好好檢視一下他的志願理由說明書。

練 習

吳同學寫了一篇志願理由說明書（400字以內），要寄給他想就讀的專門學校。

1.找找看哪些地方應該修改。

2.想想看該怎麼改才好。

之後請看【解說】的說明。

1 　　私は呉でございます。若者のファッション
2 と美容を関心して貴校を志望しております。
3 なぜこのことを関心しますかご説明いたしま
4 す。日本は特徴なファッション感覚をもって
5 います。私の国でも世界でも若者は関心しま
6 す。日本は新しい流行を作って、これからも
7 ますます日本の流行は続くわけです。貴校で
8 勉強して最新の美容をお客様にサービスした
9 いです。

10 　　あと、日本のサロンは一番いいです。髪を
11 切って、その上、マッサージ、美容のヒント
12 をお客様に教えます。私は日本のサロンに行
13 ったら感銘しました。私は国で美容師の経験
14 は３年がありながらも、技術は弱いです。値
15 段が高いでも、強い技術と十分なサービスを
16 もらって私的には幸せです。美容技術はいつ
17 も進歩します。最新技術の美容師になって国
18 に店をオープンして、人を幸せになりたいで
19 す。入学できましたら幸いでございます。
20

解說：

　　這篇作文文體統一，也遵守字數規定。上個月我們學過「要添加具體事蹟、經驗」，這一點也大致做到了。內容提到自己對流行時尚及美容的興趣，展現出「我想學習」的意願，是一篇很不錯的文章。

　　接著來檢查看看吳同學的志願理由說明書吧。

重點1： 展開與段落結構

　　上一課我們學到寫志願理由說明書時有幾個重點，你還記得嗎？上一課的志願理由說明書是求職用的，現在把「公司」換成「學校」來想一想吧。

　　①為什麼想讀這所學校，而不是其他學校？

　　②想在這所學校裡做什麼？學什麼？

　　③在這所學校的學習，和自己的經驗、能力以及將來的夢想、希望有關聯嗎？

　　吳同學的志願理由說明書中，並沒有關於①的敘述。其實可以寫一些這所學校有別於其他學校的特色(優點)。最好是直接去學校參觀，如果不行的話，可以參考學校網頁或學長姐的談話。

例）<u>最新の美容機器が備えられていて</u>、学生は授業で使うことができます。実践的な経験を積む良い機会になると思います。

　　〈校內有最新的美容設備可供學生上課使用。這是累積實作經驗的好機會。〉

至於②的部分，可以試著把想學的事物寫得更具體一點。

例）<u>基礎的な美容技術</u>を身につけ、さらにお客様に満足していただけるようなサービスを提供できるよう、<u>栄養学</u>や<u>美容カウンセリング</u>を学びたいと思います。

　　〈我希望能學會基礎美容技術，並學習營養學和美容諮詢，以便提供讓顧客更滿意的服務。〉

③這一點寫得很不錯。像在第17～19寫道「最新技術の美容師になって国に店をオープンして人を幸せになりたいです」〈我想成為擁有最新技術的美容師，回國開店，讓人人都變得幸福〉，可以感受到作者「想藉由美容的力量，為人們帶來幸福」的心情。

我們再讀一遍吳同學的文章，找出他**想學美容的理由**。

・日本の美容院に行ったとき、高い技術と良いサービスに感動した。

　　〈我去日本的美容院時，他們高超的技術和優質的服務，深深感動了我。〉

・美容師の経験はあるが、まだお客様を満足させられるような高い技術を持っていない。

　　〈我做過美容師，但並沒有讓顧客滿意的高超技術。〉

這部分寫得很好，因為它不是泛泛之言，而是基於個人經驗與問題意識所寫的。接著我們再來找找看**想在日本學習的理由**。

・日本の流行は世界の若者の注目の的である。

　　〈日本的流行是全世界年輕人注目的焦點。〉

・日本は流行の発信源である。

　　〈日本是流行時尚的領導中心。〉

雖然有部分修辭錯誤待修正，不過已充分寫出**想學美容的理由**以及**想在日本學習的理由**。

最後我們再整理一下，看看寫申請專門學校和大學的志願理由說明書時，有哪些重點。

1.想學○○（專業領域）的理由是什麼？

2.為什麼想在日本學？（如果你是要來留學）

3.為什麼想進這所學校，而不是其他學校？

4.想在這所學校做什麼？學什麼？

5.在這所學校的學習，和自己的經驗、能力以及將來的夢想、希望有關聯嗎？

重點2： 鄭重的程度

可能因為太想表示鄭重恭敬，結果用了一些不適合志願理由說明書的表達方式。建議修改如下。

第1行：×〜でございます。 → ○〜です。

第3行：×ご説明いたします。 → ○説明します。

還有，第19行寫著「入学できましたら幸いでございます」〈祈盼有幸入學〉。「〜たら、幸いに存じます」〈希望有幸〜〉這種表達方式，是在私人信件、電子郵件或商務書信中，用來恭敬地向對方請託，但志願理由說明書不需要這麼寫。其實也不必想得太複雜，刻意處處用敬語。「〜です／〜ます」就足以表現鄭重有禮的態度了。

話說回來，第17行的「私的には幸せです」〈就我個人來說很幸福〉，這種「〜的…」是日常會話中常聽到的表達方式，像「スケジュール的には大丈夫です」〈就行程來看沒問題〉、「気持ち的にはいいと思うのですが…」〈感覺是不錯…〉，但這是一種所謂的「年輕人用詞」，在正式文章或演講時最好別用。

重點3： 語法、詞語、日語應有的表達方式

我們再從「語法、詞語、日語應用的表達方式」來檢討看看。請參考修正例句。

第1行	×私は呉でございます。 ⇒＊志願理由說明書中通常不寫姓名
第1〜2行	×若者のファッションと美容を関心して… ⇒若者のファッションと美容に関心があり 〈我對年輕人的流行時尚和美容很感興趣〉

第3～4行	×なぜこのことを関心(かんしん)しますか…
	⇒なぜそれに関心(かんしん)をもったかを説明(せつめい)します。
	〈我說明一下自己為什麼會感興趣。〉
	⇒志望動機(しぼうどうき)を説明(せつめい)します。
	〈我說明一下志願的動機。〉
	＊這是「志願理由說明書」，所以不必再寫「理由を説明する」〈說明理由〉之類的句子。
第4行	×特徴(とくちょう)なファッション感覚(かんかく)
	⇒独特(どくとく)のファッション感覚(かんかく)〈獨特的時尚感覺〉
第5～6行	×若者(わかもの)は関心(かんしん)します。
	⇒若者(わかもの)は関心(かんしん)をもっています。
	〈年輕人相當感興趣。〉
第6行	△流行(りゅうこう)を作(つく)って
	⇒流行(りゅうこう)を生(う)み出(だ)して〈創造出流行〉
	⇒流行(りゅうこう)の発信源(はっしんげん)であり〈是流行訊息的源頭〉
第7行	×日本(にほん)の流行(りゅうこう)は続(つづ)くわけです。
	⇒日本(にほん)の流行(りゅうこう)は続(つづ)いていくでしょう。
	〈日本的流行會繼續下去吧。〉
	日本(にほん)の流行(りゅうこう)は続(つづ)いていくはずです。
	〈日本的流行應該會繼續下去。〉（只用在有根據或強烈確信時）

第8～9行	×最新の美容をお客様にサービスしたいです。 ⇒最新の美を求めるお客様に応えたいです。 〈希望能幫顧客找到最新的美。〉 ⇒最新の美を求めるお客様にサービスを提供したいです。 〈希望能提供優質服務，讓顧客追求最新的美。〉
第10行	×あと ⇒それから（また、そして）〈然後、還有〉
第10行	×一番いいです。 ⇒とても（非常に）いいです。〈非常好〉
第11～12行	×マッサージ、美容のヒントをお客様に教えます。 ⇒マッサージをしたり、美容のアドバイスをしたりします。
第12～13行	×私は日本のサロンに行ったら感銘しました。 ⇒私は日本のサロンに行いって感銘を受けました。
第13～14行	×美容師の経験は３年がありながらも ⇒美容師の経験が３年ありますが 〈雖然我有3年的美容師經驗〉
第14行	×技術は弱いです。 ⇒技術は低いです。〈技術程度太低〉
第14～16行	×値段が高いでも、強い技術と… ⇒値段は高くても、美容師の技術は高く、十分なサービスを受けられたことに満足しています。 〈雖然價格很高，但美容師的技術也夠高，能享受到一流的服務，讓我心滿意足。〉

第16～17行	×いつも進歩します。 ⇒常に進歩しています。〈不斷進步。〉
第17行	×最新技術の美容師になって ⇒最新の技術をもった美容師になり 〈成為擁有最新技術的美容師〉
第18～19行	×人を幸せになりたいです。 ⇒人を幸せにしたいです。〈希望能讓大家幸福。〉 ⇒人に喜んでもらいたいです。〈希望能讓大家開心。〉
第19行	×入学できましたら… ⇒＊不需要寫。

請再看一遍批改過的志願理由說明書，確認裡面的內容。

志願理由說明書的寫法就到這裡為止。下一課我們再一起加油吧。

文章訂正後

1　　日本で美容院に行った時、美容師は髪を切
2　るだけでなく、マッサージや美容に関する話
3　をしてくれました。その時、美容師の高い技
4　術ときめ細かいサービスに感銘を受けました。
5　私は国で美容師として３年の経験があります
6　が、お客様が満足するような十分な技術をも
7　っていません。美容技術は日々進歩している
8　ので、貴校で最新の技術と美容カウンセリン
9　グを学び、将来は国で店を持ち、人々を幸せ
10　にしたいです。
11　　また、日本は独特のファッション感覚をも
12　っています。私の国もそうですが、日本のフ
13　ァッションは世界中の若者の注目の的です。
14　日本は流行の発信源であり、今後も日本の流
15　行は続いていくと思います。ファッションと
16　美容の中心である貴校で多くの技術をファッ
17　ションセンすが学べると思います。最新の美
18　を求めるお客様の希望に応えられる高い技術
19　力とサービスを提供できる美容師を目指して
20　います。以上が貴校を志望した理由です。

第16課

　　春天日本處處櫻花盛開，還有新生入學典禮、新進人員入社典禮，這季節也代表一個新開始。我們要以嶄新的心情來好好學習日語。

　　這一課我們來研究一下徐同學的報告書。

練　習

　　徐同學寫了一篇大學課堂指定的報告（約400字），題目是「日本人遠離電視之現象」。

　　1.找找看哪些地方應該訂正。

　　2.想想該怎麼訂正。

　　然後再看【解說】。

文章訂正前

1　この前、日本人のテレビ離れについての番
2　組を授業で見たんですけど、あの番組は私に
3　強い印象されました。あの番組の内容は、簡
4　単で申しますが、インターネットなどを普及
5　されたせいで、テレビを見る人と時間が減ら
6　しています。特には、若者の20から30代です
7　が、視聴率が減らすとテレビ局のＣＭが減る
8　に従い、売り上げも減り、とうとうテレビの
9　質を下さるんです。あれは悪循環のわけです
10　が、実は私は家でテレビがあります。でも主
11　にはインターネットします。
12　　私はインターネットにいろいろな情報や趣
13　味を直接にくれます。テレビで満足しなくて
14　も、インターネットで個人的な楽しさが与え
15　ます。また、今のテレビ番組はだいたい同じ
16　タレントで、個人的生活の話、噂など私はぜ
17　んぜん興味がありません。子供にも悪影響し
18　ます。大切なことは、役に立つように番組の
19　内容は工夫して、もっとおもしろい番組があ
20　ればみんな見ることになります。以上です。

我們來檢查一下徐同學的報告。

重點1：　指示詞

指示詞分為現場指示（指示眼前的事物）和文脈指示（指示話題或記憶中的要素）。這篇報告裡出現了幾個文脈指示詞。

①第2行：あの番組は…〈那個節目…〉

②第3行：あの番組の内容は…〈那個節目的內容…〉

③第9行：あれは…〈那…〉

就基本規律來說，文章中可以用的文脈指示詞，只有「これ」「この」等「コ」指示詞和「それ」「その」這些「ソ」指示詞。「ア」指示詞是不能用的。

把剛才的①～③改成像下面這樣：

①②「この番組は…」。報告的題目和作者關係緊密，因此通常用「コ」。

③是在彙整前面所說的內容，而且前一段文章也不長，可以改為「これは」。

文章裡文脈指示的「コ」「ソ」主要使用方式整理如下：

用「コ」的情況

A. 與身為作者的「我」關係緊密時

例）今日、私は一つの物語を紹介します。この物語は…

〈今天我要來說一個故事。這個故事…〉

例）5年前に来日しました。この5年間、私の毎日は…

〈我5年前來到日本。這5年來，我每天…〉

B. 後續指示（後面接著說的時候）

例）友達からこんな話を聞いたことがあります。3年前のある日…

〈我朋友跟我說過這麼一件事。3年前的有一天…〉

C.彙整前述內容時

例）……（略）……。このように、この型の機械には自動的にエンジンが停止するという危険性があることが分かりました。

〈……（省略）……。〉由此可知，這一款機器的引擎有自動關閉的危險。

使用「ソ」的情況

D.再度提及先前出現過的名詞（句）中的一部分

例）私の国の教育制度と日本のそれを比べてみると…

〈我國的教育制度與日本（的教育制度）比起來…〉

E.補充說明前一句的內容時

例）私は７年前、町の小さなケーキ屋さんでアルバイトを始めました。本当に小さくて３人お客さんが来るともう動けないぐらいでした。その店が５年後、大阪で一、二を争うほどの大きな店になるとは、当時は全く予想もできませんでした。

〈7年前，我開始在街上一家小蛋糕店打工。這家店實在很小，來3個客人就擠得動彈不得。當時想都沒想到，這家店會在5年後，成為大阪數一數二的大蛋糕店。〉

＊通常表示結果出乎意料。

F.指示抽象的事物，之後再具體說明時

例）今年、私がしたいこと、それは両親を旅行に連れて行いくことです。

〈我今年想做的事，那就是帶父母去旅行。〉

重點２： 自動詞、他動詞和被動句的用法

下面這些句子怎麼改比較好呢？

①第4行：インターネットなどを普及された〈網路普及〉

②第7行：視聴率が減らすと〈收視率減少〉

③第9行：質を下がる〈品質下滑〉

④第14行：楽しさが与えます〈帶來樂趣〉

我們留意自、他動詞的用法，把這些句子改成下面這樣：

②視聴率が減ると〈收視率減少〉（不過因為是「率」，最好是用「下がる」
〈下滑〉）

③質が下がる〈品質下滑〉

④楽しさが与えられる〈得到樂趣〉（用「楽しさが<u>得られる</u>」比較自然）

①錯誤的原因可能包括：

原因1：自、他動詞的區別

「普及する」是自動詞，用「Ｎが普及する」。不需要用被動句。

原因2：漢語動詞中自、他動詞的對應

サ變動詞（漢語動詞）中的自、他動詞可分類如下：

A. 自動詞與他動詞同形

例）自）<u>夢</u>が<u>実現する</u>〈夢想成真〉

他）<u>夢</u>を<u>実現する</u>〈實現夢想〉

B. 自動詞用「～する」，他動詞用「させる(使役形)」

例）自）<u>文明</u>が<u>発展する</u>〈文明發展〉

他）<u>文明</u>を<u>発展させる</u>〈使文明發展〉

C. 他動詞用「～する」，自動詞用「される(被動形)」

例）他）<u>新しい機械</u>を<u>開発する</u>〈研發新機器〉

自）<u>新しい機械</u>が<u>開発される</u>〈新機器研發出來〉

「普及する」屬於Ｂ類，要寫成「インターネットが普及する〈網路普及〉／
インターネットを普及させる〈使網路普及〉」。不過在這篇報告中，並不需要提
到<u>這是因為某人的意志、行為</u>而「普及している」，所以最好不要用他動詞「普及
させる」。

在網路上搜尋漢語動詞，可以找到很多使用自、他動詞的例句不符合上面的規律。對學習者來說，這或許是一個難度較高的學習項目。動詞的類別可以查字典，看看上面⑥、⑩的標誌或者參考其例句。只要弄懂自、他動詞的區別，應該就能參考上面的規律造句了。

重點３： 語法、詞語、道地的日語表達方式

我們再針對「語法、詞語、道地的日語表達方式」來重新看一遍。

第2行	×見たんですけど ⇒見ましたが〈看過〉
第2〜3行	×あの番組は私に強い印象されました。 ⇒その番組を見て衝撃を受けました。 〈看了那個節目，我感到很震驚。〉 ⇒その番組は強く印象に残りました。 〈那個節目讓我留下深刻的印象。〉
第3行	×あの番組 ⇒その番組 〈那個節目〉
第3〜4行	×簡単で申しますが ⇒簡単に説明すると 〈簡單說〉
第4〜5行	×インターネットなどを普及されたせいで ⇒インターネットなどが普及したため 〈因為網路的普及〉

第5〜6行	×テレビを見る人と時間が減らしています。 ⇒視聴者と視聴時間が減っています。（減少しています） 〈收看的觀眾和收看的時間都變少了。〉
第6行	×特には ⇒特に〈尤其是〉
第6〜7行	×若者の20から30代ですが、 ⇒20代から30代の若者ですが、〈二、三十歲的年輕人〉
第7〜9行	×視聴率が減らすと… ⇒視聴率が減るとテレビ局のCMが減り、それに従い（テレビ局の）収入も減り、結局（／結果的に）テレビの質が下がります。 〈收視率降低，電視台的廣告就會變少，（電視台的）收入變少，結果電視的品質也隨著下滑。〉
第9行	×あれは悪循環のわけです。 ⇒悪循環です。〈是一種惡性循環。〉 ⇒悪循環に陥ります。〈陷入惡性循環。〉
第10〜11行	×実は私は家でテレビがあります。でも… ⇒実際に、私は家にテレビがありますが、インターネットを多く使います。 〈事實上，像我家雖然有電視，不過還是常上網。〉 ⇒私は家にテレビがありますが、実際によく使うのはインターネットです。 〈像我家有電視，但其實比較常用的是網路。〉

第12～13行	×私はインターネットにいろいろな…
	⇒インターネットによりいろいろな情報や関心のあるものが得られます。
	〈從網路可以得到各種資訊和自己感興趣的訊息。〉
第13行	×直接にくれます。
	⇒ほしいもの（情報）がすぐに手に入ります。
	〈想要什麼（資訊）馬上就能得到〉
第14～15行	×インターネットで個人的な楽しさが与えます。
	⇒インターネットにより個々に応じた楽しさが得られます（／手に入ります）。
	〈網路可以依個人需求，提供不同的樂趣。〉
第17～18行	×子供にも悪影響します。
	⇒子供にも悪影響を与えます。〈對小朋友也有不好的影響。〉
第18～19行	×大切なことは、役に立つように番組の内容は工夫して…
	⇒大切なことは、人々の役くに立つような番組になるように、内容を工夫することです。
	〈重要的是該加強內容，做出對人們有益的節目。〉
第19～20行	×もっとおもしろい番組があれば…
	⇒さらにおもしろい（興味がもてる）番組があれば、みんな見るようになります。
	〈如果有更加有趣（引人入勝）的節目，大家就會去看了。〉

我問過徐同學的意見，在結論的部分做一點補充。

我們再看一遍訂正過的作文，來確認一下。那麼下一課再見囉。

日本人のテレビ離れというテーマの番組を見ました。インターネットの普及により、テレビの視聴する人や時間が減少したという内容でした。その現象は、特に20代～30代に多いということです。視聴率が下がると企業からのCM収入が減り、結果的に番組の経費も削減され番組の質も低下するという悪循環に陥ることになります。

　私はテレビよりむしろインターネットの利用が多いのですが、それはインターネットのほうが個人の興味や関心に応じた情報を得られるからです。また、現在のテレビは同じような内容、出演者が多く、私個人的にはあまり興味が持てません。タレントの個人的な生活や単なる噂話程度の内容では子供にも悪影響を与えかねません。視聴者のニーズを分析し、役立つ情報が提供できるよう内容を工夫する必要があります。興味を持てる番組が増えれば、視聴者も増えます。番組の内容を見直すことが問題解決の第一歩だと思います。

第17課

　　大家好。日本在4月底5月初有人稱「黃金週」的長假，人們會去泡溫泉、返鄉，或是去觀光旅遊。也有很多人會加上特休，排出長假到海外旅遊。

　　言歸正傳，這一課我們來檢討一下在日語學校上課的洪同學所寫的作文。

練 習

洪同學以「文化」為題，寫了一篇作文（400字以內）。

1.找找看哪些地方應該修改。

2.想想看該怎麼改。

然後再看看【解說】。

日本人の個性がとても強くて、まわりの日本人によると他の人と違いますことをするのが良くて個性的な人です。日本にいても世界の情報を手に入ります。昔は一つの国の中はその国の文化や価値観だけですから、個性を表現することは困難です。ただ個性を表現して、きっと変人だといいます。たとえ個性を表現して、がまんしなければなりません、しかし、今はいろいろな考え方を認められますから、個性が表現しやすくて、日本にいても他の国の文化とか習慣とか従って自分の個性として表現して、でも注意することは、以上のことは、自分の文化や習慣を喪失しがちで自国の文化を考えないで好きなものとか興味のものだけ取り入れると自分の文化をなくなります。後で後悔しても遅いですから、ますますグローバル時代でも、自分の国と他の国の文化が比べて、次世代に継続するべきの文化と継続しないでいい文化を比較して選択して、自分の文化を守りましょう！

解 説：

重點１： 呼應關係（句中詞語的搭配）

日語有一些像「ぜんぜん〜ない」「たぶん〜だろう」這類固定的詞語搭配。

第６行：×ただ個性（こせい）を表現（ひょうげん）して

　　　　○ただ、個性（こせい）を表現（ひょうげん）したいだけなのに

　　　　〈其實只是想表現個性而已，卻〉

第７行：×たとえ個性（こせい）を表現（ひょうげん）して

　　　　○たとえ個性（こせい）を表現（ひょうげん）したくても〈就算想表現個性〉

第12行：×でも注意（ちゅうい）することは、…自分（じぶん）の文化（ぶんか）をなくなります。

　　　　○でも、注意（ちゅうい）することは、…自分（じぶん）の文化（ぶんか）をなくさないようにすること

　　　　とです。

　　　　〈可是要小心的是，…不要抹滅了自己的文化。〉

第16行：×ますますグローバル時代（じだい）でも

　　　　○ますますグローバル化（か）が進（すす）むと思（おも）い（思（おも）われ）ますが、

　　　　〈全球化的程度越來越高〉

向大家介紹３種類型。

① 【與疑問詞的呼應】

　　像「いつ」「どこで」「だれが」這些疑問詞要搭配「か」，寫成「疑問詞〜、〜か」的句型。

　　例）彼（かれ）がいつここに来（く）るか知（し）っていますか。

　　　　〈你知道他什麼時候會來這裡嗎？〉

　　　　どこでコンテストが開（ひら）かれるか教（おし）えてください。

　　　　〈請問比賽會場在哪裡？〉

② 【與副詞的呼應】

　　種類有很多，我把同學們容易弄錯的整理成一張表，大家參考看看。

含意	副詞	呼應（搭配的詞語）
否定	決_{けっ}して〈絶〉、絶対_{ぜったい}に〈絕對〉、さっぱり〈絲毫〉、ちっとも〈一點也〉、まるで〈完全〉	ない〈不〉
	あまり〈太〉、たいして〈怎樣〉、ろくに〈好好地〉、あながち〈未必〉	ない〈不〉
推測	もしかすると〈說不定〉	かもしれない〈也許〉
	きっと〈一定〉、たぶん〈多半〉、おそらく〈恐怕〉	はずだ〈照理說〉、だろう〈應該是〉 する〈做〉、はずだ〈照理說〉
	かならず〈必定〉	
假設	もし〈如果〉、万一〈萬一〉、かりに〈假設〉	たら〈的話〉、ても〈也〉
	いくら〈再怎麼〉、どんなに〈多麼〉	ても〈也〉
希望	ぜひ〈一定〉	たい〈我想〉、
	どうか〈務必〉	てほしい〈希望你〉、 てください〈請你〉
限定	ただ〈只〉	だけ〈而已〉、ばかり〈只有〉
變化	だんだん〈漸漸〉、しだいに〈逐漸〉、ますます〈越來越〉、～に従_{したが}い〈隨著〉	代表變化的動詞 ～なる〈變成〉、増ふえる〈增加〉、減る〈減少〉

140

③【與主語的呼應】

　　如果主語是代表事物的名詞，如「目的」〈目的〉「意味」〈意思〉「問題点」〈問題點〉「気をつけなければならないこと」〈必須小心的〉，而述語說明其內容，這時要使用「…（こと）だ」這種「名詞＋だ」的句型。

　　例）私が日本に来た目的は、最新の美容技術を学ぶことです。

　　　　〈我來日本的目的，是要學習最新的美容技術。〉
　　　　このクラスの問題点は、学生の学力差が大きいことだ。

　　　　〈這個班級的問題在於學生學習的程度差太多。〉

　　呼應（詞語搭配）的問題，上級同學也常會弄錯，所以一定要特別留意。作文寫完時，記得再檢查一遍。

重點2：　句子的長度

　　洪同學的作文裡，有些句子很長。

　　第8行：しかし、今はいろいろな考え方かたを……なくなります。

　　　　　〈可是，現在很多想法都…消失殆盡。〉
　　第16行：後で後悔しても遅いですから、……守りましょう！

　　　　　〈以後會後悔莫及，所以…要好好保護。〉

　　寫文章時，應該注意下面幾點。

①主語和述語的距離要適度

　　如果主語和述語離得太遠，裡面又有其他的動詞和主語，有時會讓人看得一團亂。

②不要用太多「～て、～て、…」來接續

　　「～て」是一種很好用的接續表現，但用太多文章會過長，而且就像我在①提到的，主語和述語的距離會變遠。

③修飾部分不要太長

　　修飾名詞的詞語或詞組、短句，叫作「連體修飾」，連體修飾子句太長的話，

會讓讀者覺得這篇文章晦澀難懂。

　　沒有人規定「一個句子最多幾個字」，不過有人說大約60～80字以下比較容易閱讀。超過100字，主語和述語的距離會拉遠，這時可以把句子分割開來，再用接續詞來連接，這樣文章的走勢也會比較清晰。尤其是寫演講稿時，句子一定要盡量簡短（簡潔）。

重點3：　語法、詞語、日語應有的表達方式

　　我們再從「語法、詞語、日語應有的表達方式」，來檢查看看。

第1行	×日本人の個性がとても強くて…
	⇒日本人は個性をはっきり表現します。
	〈日本人會明白表現個性〉
第1行	×まわりの日本人によると他の人と違いますことを…
	⇒（日本では）他の人と違うことをし、個性的であることは 良いことだと考えられているそうです。
	〈聽說在日本，做事與眾不同，個性獨特，是受到肯定的。〉
第4行	×情報を手に入ります。
	⇒情報が手に入ります。〈獲得資訊。〉
第5行	×価値観だけですから
	⇒単一の価値観しか認められませんでしたから
	〈因為以前只肯定一種價值觀〉
第6行	×困難です。
	⇒困難でした。
	〈很困難。〉

第6行	×ただ個性を表現して、きっと変人だと言います。
	⇒ただ個性を表現しているだけなのに、変人（変わった人）だと言われてしまいます。
	〈只是表現一下個性，就被人家說成怪人。〉
第7行	×たとえ個性を表現して、…
	⇒たとえ個性を表現したくても、がまんしなければなりませんでした。
	〈就算想表現個性，也只能忍耐。〉
第9行	×いろいろな考え方を認められますから
	⇒いろいろな考え方が認められていますから
	〈現在很多想法都得到肯定〉
第10行	×個性が表現しやくすて、日本にいても…
	⇒個性が表現しやすくなりました。他の文化や習慣を取り入れ、自分の個性として表現します。しかし、他の文化や習慣を取り入れすぎて、興味や関心のあるものだけに目を向けていると、自分の文化を見失う危険性（可能性）があることに注意しなければなりません。
	〈變得比較容易展現個性。可以添加其他文化風俗的元素，用來展現自己的個性。不過也要小心，如果加入太多其他的文化風俗，只專注在自己有興趣的事物，人可能會變得盲目，看不見自己的文化。〉

第16行	×後で後悔しても遅いですから ⇒（自分の文化を見失った時）後悔しても遅いです。 〈（等到失去自己的文化時）就後悔莫及了。〉
第16行	×ますますグローバル時代でも ⇒ますますグローバル化が進むと思い（思われ）ますが、 〈全球化的程度越來越高〉
第17行	×他の国の文化が比べて ⇒他の国の文化と比べて 〈和其他國家的文化相比〉
第18行	×次世代に継続するべきの文化と… ⇒次世代につなげる（受け継ぐ）べき文化 〈應該傳給下一代的文化〉

請再看一遍批改過的作文，好好確認一下。

文章訂正後

　　日本に来て驚いたことは、日本人が非常に個性的だということです。日本では他の人と違うことをすることは良いことだと考えられているそうです。

　　昔は他の国や地域の情報は手に入りにくかったので、その国の文化や価値観の中だけで人々は行動することを求められ、個性よりも均一的なものが重視されていました。今は情報も豊富にあり、さまざまな考え方が認められているので、異なる国や地域の文化や習慣を取り入れながら個性を確立し、表現できる環境だと言えます。

　　しかし、注意しておかなければならないことは、個性を重視するあまり、これまで守られてきた伝統や文化、習慣などが失われてしまう危険があるということです。今後ますますグローバル化が進んでいくと思います。自国と他国を比較し、他国にはない自国の良さや文化を発見し、次世代に受け継いでいくことが重要ではないかと思います。

第18課

　　進入細雨不停的梅雨季，也是粉紅色、紫色、藍色繡球花盛開的時候。繡球花奼紫嫣紅、花團錦簇，即使是在雨中通勤、散步，也變得別有樂趣。

　　言歸正傳，這一課我們來探討一下在日本讀大學的黃同學所寫的作文。

練 習

黃同學針對課堂上播放的網路選舉相關影片，寫了一篇感想文（400字以內）。

1.找找看哪些地方應該修改。

2.想想看該怎麼改比較好。

然後再來看【解說】。

文章訂正前

1 　　講義でネット選挙についてのビデオを見た
2 んです。私はネット選挙は良いと思ってるん
3 です。なぜなら、チラシやポスターとかすぐ
4 捨てる紙がなくなるとエゴにいいですし若者
5 にとって選挙に参加しやすい。どうも、年上
6 の人は、ネット選挙のデメリットだけ考えて
7 だめだと思うらしいんですが、選挙参加率は
8 減っているんだからまず、選挙に関心したり
9 参加したりの人を増えてから内容とか方法を
10 もう一度議論するわけです。
11 　　ビデオによると、ネット選挙の悪い点は、
12 セキュリティーの対応とか、批判みたいなネ
13 ガティブキャンペーンは国民にとってうんざ
14 りで、一方、新聞やテレビからわからない情
15 報も多く手に入るから、人々は選挙に関心が
16 高くなり、結局政治に関して考えたり、発言
17 したりする機会が増えるだろう。投票率があ
18 げて国全部で選挙に参加して、方法がもし悪
19 いから、直して、最後に良い選挙になるでし
20 ょう。私はネットは良い点と悪い点もある。

重點1： 句尾表達方式

「～と思う」是意見文和感想文常用的表達方式。這篇感想文裡也用了2次。

第3行：×ネット選挙は良いと思ってるんです。

〈我覺得網路選舉很好。〉

第6行：×年上の人は、ネット選挙のデメリットだけ考えてだめだと思うらしいんですが、

〈年紀大的人似乎只考慮到網路選舉的缺點，就覺得不行〉

在第3行的例子裡，「思う」〈覺得、認為〉的主語是「私」〈我〉，這時用「思います」比較好。至於第6行的例子，「思う」的人是「年上の人」〈年紀大的人〉，應該用「思っています」。

表達我（自己）的想法時，基本上是用「思います」。如果要表達從以前就一直在想的事（例①），或是現在的想法和以前不同（例②），這時就算是我（自己）的想法，也要用「思っています／いました」。

例①：入社してからずっと海外営業部で仕事がしたいと思っていました。

〈我進公司之後，一直很嚮往到海外營業部工作。〉

例②：入社したときは、ずいぶん厳しい会社だと思っていましたが、今は楽しんで働けるようになりました。

〈進公司的時候，覺得公司很嚴格，不過現在已經很能樂在工作了。〉

描述別人的想法時（例③），用「思っています」比較自然。

例③：母は、私には結婚しても仕事をやめないで、ずっと働いてほしいと思っています。

〈我媽媽希望我婚後繼續工作，不要辭職。〉

日語的文章也常用「～と思われる」。跟主觀性強的「思う」比起來，「～と

思われる」的客觀性比較強，用在寫論述式的文章（例如報告）時。

→例）私は彼女がうそをついていると思う。

〈我認為她在說謊。〉

→例）発言の内容が二転三転していることから、彼女はうそをついていると思われる。

〈她說話的內容翻來覆去，由此可見她應該是在說謊。〉

重點2：　呼應關係

上一課我們介紹了三種呼應的模式（與疑問詞的呼應、與副詞的呼應、與主語的呼應）。這次的句子裡也有幾個呼應的問題，我們一起來看一看。

第3行：なぜなら、チラシやポスターとか…（略）…参加しやすい。

〈為什麼呢？傳單和海報…（略）…方便參加。〉

第11行：ビデオによると、ネット選挙の悪い点は、…（略）…機会が増えるだろう。

〈根據影片，網路選舉的缺點…（略）…機會應該會增加。〉

第20行：私はネットは良い点と悪い点もある。

〈我（認為）網路有優點也有缺點。〉

「なぜなら」的句尾要用「～からだ」，「～によると」的句尾要加「～ということだ、～そうだ」，「私は」最後要用「～と思います」作結尾。像第11行這樣句子太長，在呼應上就很容易出錯。要注意句子不要過長。而且應該要說清楚這是影片的內容還是看完影片後自己的想法。建議改為「ビデオによると……ということですが、私は……と思います」〈影片內容提到……，我個人覺得……〉。

第11行的句子還有一個地方應該修正。

第11行：ネット選挙の悪い点は、…（略）…機会が増えるだろう。

〈網路選舉的缺點…（略）…機會應該會增加。〉

和「問題点は」相對應的謂語是「～こと／(名詞)だ」。建議改為「問題点

は、セキュリティー対策が必要であることやネガティブキャンペーンが増えることです」〈問題點在於需要做好安全防護對策，而且負面宣傳會增加。〉

我們來做點練習。下面A～E句子的呼應關係有誤，試著改改看。

A：日本語の勉強を始めた理由は、将来、日本でデザインの勉強をしたいと思いました。

B：日本に来て一番驚いたのは、電車の中で居眠りします。

C：調査結果によると、入学者数は減ります。

D：なぜ彼はこの方法を選んで、誰にも分かりません。

E：数値が上昇するにつれて、環境が悪いです。

建議訂正如下：

A：日本語の勉強を始めた理由は……勉強したいと思ったからです。

　　〈我開始學日語的原因，是因為希望以後在日本學設計。〉

B：日本に来て一番驚いたのは……居眠りする（人がいる）ことです。

　　〈來到日本最吃驚的事，是有人在電車裡打瞌睡。〉

C：調査結果によると……減るとのことです。

　　〈根據調查，入學人數會減少。〉

D：なぜ……この方法を選んだか、誰にも分かりません。

　　〈沒有人知道他為什麼會選擇這個方式。〉

E：上昇するにつれて……環境が悪くなります。

　　〈隨著數字的攀升，環境越來越糟。〉

重點3： 語法、詞語、道地的日語表達方式

我們從「語法、詞語、道地的日語表達方式」這方面再來檢查一遍。

第１〜2行	×見たんです。 ⇒見ました。〈看到〉
第2〜3行	×良いと思ってるんです。 ⇒良いと思います。〈我覺得很好〉
第4行	×エゴにいい ⇒環境に良い〈環保〉 ＊生態、環境的外來語是「エコ」，不是「エゴ」。
第3〜5行	×なぜなら…（略）…選挙に参加しやすい。 ⇒なぜなら、チラシやポスターなどすぐに捨てられる紙が少なくなると、環境にいいからです。また、（選挙にネットが利用できるようになれば）選挙に参加しやすくなるからです。 〈為什麼呢？因為傳單和海報等很快就會被丟棄的紙張少了，比較環保。而且（利用網路來選舉）方便民眾投票。〉
第5〜6行	×年上の人 ⇒年配の人〈年長者〉
第7行	×だめだと思うらしいんですが、 ⇒だめだと思っているようですが、〈似乎認為不行〉
第8行	×減っているんだから ⇒下がっているので〈因為下滑〉

第8～9行	×選挙に関心したり参加したりの人 ⇒選挙に関心を持ち、参加する人 〈關心選舉，參與投票的人〉
第9行	×人を増えてから ⇒人が増えた後で、〈人數增加之後〉
第10行	×議論するわけです。 ⇒議論した方が良いのではないでしょうか。 〈討論會比較好，不是嗎？〉 ⇒議論した方が良いと思います。 〈我認為討論會比較好。〉
第11～13行	×ネット選挙の悪い点は、…（略）… ⇒ネット選挙の問題点は、セキュリティー対策がまだ不十分 　であることや、ネガティブキャンペーンが増えることで 　す。 〈網路選舉的問題點在於：安全防護措施不足，而且負面宣傳 　會增加。〉
第13～14行	×国民にとってうんざりで ⇒国民はうんざりします。〈民眾都很厭煩〉
第15行	×手に入るから ⇒手に入るので〈因為取得〉

第11～17行	×ビデオによると、…（略）…機会が増えるだろう。 ⇒ビデオによると、ネット選挙の問題点は、セキュリティー対策がまだ不十分であることや、ネガティブキャンペーンが増えることだそうです。ネガティブキャンペーンばかりになると国民はうんざりしてしまいます。しかし、新聞やテレビだけでは分からない情報も多く手に入り、選挙に関心を持つ人も多くなるので、政治について考えたり、発言したりする機会が増えると思います。 〈影片中提到網路選舉的問題點在於安全防護措施不足，而且負面宣傳會增加。如果全都是負面宣傳，民眾會覺得很厭煩。不過我認為，從網路可以獲得許多從報紙和電視所得不到的資訊，關心選舉的人會變多，對政治思考、發言的機會也會增加。〉 ＊寫的時候要把「影片的內容」和「自己的意見」做區分
第17～18行	×投票率があげて ⇒投票率が上がり〈投票率升高〉
第18～20行	×方法がもし悪いから、 ⇒方法がもし悪ければ、〈方法如果不對〉
第20行	×私はネットは…（略）… ⇒私はネット（選挙）には良い点も悪い点もあると思います。 〈我認為網路（選舉）有優點也有缺點。〉

再來看一遍訂正過的作文，好好確認看看。

　　　講義でネット選挙に関するビデオを見まし
た。私はネット選挙に賛成します。これまで
の選挙ではチラシやポスターが多く、その大
部分が使い捨てられます。それがなくなれば
環境にも良いと思います。また、若者も選挙
に参加しやすくなります。大人はネット選挙
のデメリットばかり考えているようですが、
まず、選挙参加率が下がっている現状を変え
たほうが良いと思います。

　　　ビデオでは、セキュリティー対策の問題、
ネガティブキャンペーンが増えることなどが
ネット選挙のデメリットとして挙げられてい
ました。一方で、新聞やテレビでは得られな
い情報も多く手に入るので、選挙に関心を持
つ人が増えると言われています。政治につい
て考えたり、発言したりする機会が増えるこ
とで、投票率が上がると思います。その後で
内容や方法について議論し、修正すべき点を
修正すれば、良い選挙制度ができるのではな
いかと思います。

第19課

　　日本進入了「夏本番」＊，今年夏天應該也會很熱。日本的學校從7月中旬開始放暑假。今年夏天你有什麼計劃嗎？好好跟家人、朋友一起享受悠閒快樂時光，休息養生再出發吧。

　　好了，我們來看看張同學的作文吧。

＊「夏本番」指真正的夏天

練 習

張同學依老師要求，寫了一篇老人安養中心的觀摩報告（400字左右）。

1.找找看哪些地方應該修改。

2.想想看該怎麼改比較好。

然後再看看【解說】的說明。

実習で施設を見学したが、その意見を書きます。行く前に、年をとって、施設に行くつもりじゃないと思います。お年寄りは経験があります。子供は精神的な苦労がある時、話を聞いて応援するのができます。知識をあげることができる。年をとって弱くになり、ついに亡くなるを若者は見て、生とか死とか思いやりとか勉強ができて、現代は老とか死とか見ないし、無視の感じがあるんですが人間にとって大切だ。家族で愛情を感じて最後まで協力して、人生が終えて、幸せな感じた。

行く前にそんなことを思いますが、施設もいいと思う。私の考えがチェンジした。専門な介護士がいるし、お年寄りがつまらないことを考えなくて、安心で同じ境遇の友達と生活するのができます。子供たちも安心で仕事や勉強を集中できる。楽しく会話して、家族は幸せだ。経済負担は重いになるが、余裕もあり幸せだろう。施設も思ったより、良いと思うし、私は将来施設に行くかもしれない。

解 說：

我們一起來檢查一下張同學的報告內容。

重點 1： 句子接續的形式

張同學都是用テ形（連用形）來連接句子。

①第 2 行：？年を<u>とって</u>、施設に行くつもりじゃない…

⇒年を<u>とっても</u>、私は施設に行くつもりはない／行かないつもりです。

〈就算上了年紀，我也不打算去安養中心／打算不去安養中心。〉

②第 7 行：？生とか死とか思いやりとか勉強が<u>できて</u>、現代は老とか死とか見ないし…

⇒生や死そして思いやりを学ぶことが<u>できます</u>。現代は…

〈可以學到生、死，以及對人的關懷。現代都不看老或死…〉

③第 14 行：×お年寄りがつまらないことを考えなくて、安心で同じ境遇の友達と生活することができます。

⇒お年寄りがいろいろ考えすぎず、安心して同じ…

〈老人家可以別想太多，安心跟同樣處境的朋友一起生活。〉

④第 17 行：×楽しく会話して、家族は幸せだ。

⇒楽しく会話すれば（できれば）、家族は幸せだ。

〈只要（能）開心交談，家人就很幸福了。〉

我們可以試著修改如下：

①如果是要說「一般的觀念是『年をとる→施設に行くこと』〈上年紀→進安養中心〉，但我不去」，這時用「～ても」比較自然。

②是很長的一個句子，從第6行一直連到第10行。而且「勉強ができる」〈可

以學習〉和「老や死を見ない」〈不看老或死〉不符合テ形接續的用法（請
參閱下方的「テ形接續的用法」），建議在第8行「（勉強が）できて」
〈可以學習〉之後讓句子先結束。

③「考えなくて」改成「考えず／考えることなく／考えないで」〈不去想〉
會比較符合文章的走勢。

④有人可能會覺得這裡像テ形接續用法中的「因果（原因與結果）」，但「会話
する」〈交談〉這種表示意志的動作動詞，和「幸せだ」〈很幸福〉這類
表示主觀判斷的形容詞是不能用「テ」連接起來的。建議改用「〜たら」
〈〜的話〉或「〜れば」〈只要〜〉來連接。

テ形有幾種用法。

【先後】Aさんは店に行って、友達の誕生日ケーキを買った。

〈A去店裡買朋友的生日蛋糕。〉

【附帶】Bさんは花束を抱えて、彼女の家へ行った。

〈B抱花束去女朋友家。〉

【並列】Cさんはピアノを弾いて、Dさんは歌を歌った。

〈C彈鋼琴，D唱歌。〉

【因果】花子さんは喜んで、泣いた。

〈花子很高興，哭了。〉

テ形接續是一種很方便的表達方式，不過在中級以上學習者的作文裡常看到用
錯的情況。テ形接續的主要用法如上。用テ形連接句子時，建議確認一下是符合哪
一種用法。

重點2： 接續詞

連接兩個句子時，可以考慮使用接續詞。

⑤第２行：施設に行くつもりじゃないと思います。お年寄りは経験がありま
す。

〈我猜並不打算進安養中心。老人家有經驗。〉

⑥第５行：知識をあげることができる。年をとって弱くになり…

〈可以給予知識。上了年紀變得虛弱…〉

⑦第15行：安心で同じ境遇の友達と生活するのができます。子供たちも
安心で…

〈能放心跟相同處境的朋友一起生活。孩子也能放心…〉

你覺得⑤〜⑦可以用哪些接續詞？我建議⑤可以用「なぜなら」〈為什麼？
（因為）〉、⑥用「また」〈而且〉、⑦用は「また」〈而且〉「そして」〈然後〉
等。

接續詞有很多種，我們應該學習運用一些基本的接續詞，像是「順態接續」
（だから〈所以〉、それで〈於是〉）、「逆態接續」（しかし〈但是〉、けれ
ども〈但是〉）、「添加」（そして〈然後〉、それから〈然後〉）、「對比」
（一方〈另一方面〉、逆に〈相反地〉）、「轉換」（ところで〈對了，（另起
話題）〉、さて〈接下來〉）、「同等」（すなわち〈亦即〉、つまり〈也就是
說〉）、「補充」（なぜなら〈為什麼呢？（因為）〉、というのは〈之所以這麼
說〉），努力把文章寫得條理分明。

另外還要注意統一文體（です・ます／だ・である）。還有，這篇報告的題目
是「安養中心觀摩心得」。參觀前的想法應該寫得簡潔一點，把重點放在「安養中
心參觀內容」「自己所思所感」。

重點３： 語法、詞語、道地的日語表達方式

我們來看看「語法、詞語、道地的日語表達方式」這方面，哪些地方應該訂
正。

第1行	×実習で施設を見学したが
	⇒（題目不必寫在報告内容裡，建議刪除。）
第2行	×行く前に、…
	⇒見学する前は、年をとっても施設に行かない／行きたくないと思っていました。
	〈去參觀之前，我一直覺得我老了也不去／不想去安養中心。〉
第4行	×子供は精神的な苦労がある時、…
	⇒子供が（精神的に）困っている時、話を聞いて応援してあげることができます。
	〈孩子（情感上）碰到困難時，可以傾聽並給予支持。〉
第5行	×知識をあげることができる。
	⇒教えてあげることができる。〈可以教導他們。〉
第6行	×年をとって弱くになり、…
	⇒年をとり体力も衰え、やがて亡くなっていくが、その様子（過程）を見て、子供たちは生や死、思いやりを学ぶことができる。現代は、できるだけ老や死から目をそらそうとしているように感じる。しかし、生や死について知ることや考えることは人間にとって大切なことだ。
	〈人年紀大了會體力衰退，最後邁向死亡，看到這種情況（過程），孩子可以學習生、死和對人的關懷。我覺得現代社會彷彿都儘量對老和死避而不視。然而去認識、思考生和死的問題，對人們是很重要的。〉

第10行	×家族で愛情を感じて… ⇒家族で愛情を分かち合い、最後まで協力し合い人生を終えることができれば、幸せだと思う。 〈我認為，如果一家人能相親相愛，相互扶持走到人生的終點，這是很幸福的事。〉
第13行	×私の考えがチェンジした。 ⇒考えが変わった。〈觀念變了。〉
第13行	×専門な介護士 ⇒専門知識を持った介護士 〈擁有專業知識的看護（照顧服務士）〉
第14行	×お年寄りがつまらないことを… ⇒お年寄りはいろいろ(あれこれ)考えすぎることなく、安心して、同じような境遇の友達と生活することができます。 〈老人家可以不去想太多（想東想西），放心和相同處境的朋友一起生活。〉
第16行	×子供たちも安心で ⇒子供たちも安心して、仕事や勉強に集中できます。 〈孩子也能安心投入工作和課業。〉
第17行	×楽しく会話して、家族は幸せだ。 ⇒楽しく会話できれば、家族は幸せだ。 〈能開心交談，家人就很幸福了。〉
第18行	×経済負担は重いになるが、 ⇒経済的負担は重くなるが、〈經濟負擔會變重，不過〉

在聽了張同學的意見後，做了一些補充，重新檢視整體的內容。請再看一遍訂正過的作文，確認訂正的內容。

老人福祉施設は、想像していた以上に、お年寄りにとって快適な環境であることがわかった。まず、介護士が常駐しているので、体調管理について、お年寄りが過剰な心配をする必要がない。安心して仲間と生活ができる。一方、子供も介護の負担が減り、仕事や勉強に集中できる。時間を見つけて面会に行き、楽しく会話できるので、精神的負担も減る。

　見学する前は、お年寄りは家族にとって必要な存在なので、最後まで家族の愛情の中で生活するべきだと思っていた。なぜなら、お年寄りは人生の先輩として家族の精神的な支えとなることができ、子供たちは生・老・死について考えたり、思いやりの気持ちを学んだりできると思ったからだ。

　将来、私が施設に入るかどうかわからないが、自宅以外にも施設という選択肢があることがわかった。だが、最も重要なのは、希望する人が希望する場所で、安心して老後を過ごせるような環境や制度を作ることだと思う。

第20課

　　日本的暑假，也是要「預防中暑」的時期。大家都想盡辦法，要儘量不用電，又要涼爽地度過夏天。例如平時隨身帶團扇或摺扇，穿寬鬆舒適的衣服。現在很多人家也都種植*「綠色窗簾」，就是用藤蔓類植物當窗簾覆在窗外，遮住熾熱的陽光，減緩室內溫度上升。希望大家都小心別「中暑」，健康、清爽地戰勝炎炎夏日。

　　這一課我們要探討的是林同學的作文。

　　*綠色窗簾＝グリーンカーテン＝green curtain（日製英語）。

練 習

林同學針對大學裡的學生問卷調查，寫了一篇意見文（約400字）。

1.找找看哪些地方應該修改。

2.想一想該怎麼改才好。

然後再看【解說】的部分。

現在、日本の大学とかいろいろな学校に学生がアンケートを書きます。私も学校に入った以来、何回も何回も書いたんです。まずは学校に入れば、「何を勉強したいですか、何を困っていますか」とか。そしたら学期末に「クラスはどうだったか、先生はいい教え方ですか」とか。私の国にもあります、私が日本の場合、あまり賛成しないんです。まずはやりすぎなんです。学生がいろいろリクエストとかクレムとか。でもあまり解決しないんです。する前に次があったり、原因は回数が多いだと思います。そうすれば、学生はあまり目的がわかっていないし、学生は評価可能な人ですか、ちょっと考えたほうがいい。教え方に関して評価できない、授業中寝たり、遅刻が多かったり。先生が悪いより嫌いだと言える場合、アンケートに悪いことを書いた人もいるんです。問題は、回数とか目的とか考えて、ちゃんと評価する人だけアンケート書かれたほうが良いと私は思います。

解 説：

我們來檢查看看林同學的作文。

重 點1： 句尾表達方式、呼應關係

這篇意見文要留意的地方有以下2點。

第1點是：單純陳述事實時，不用「…のだ／…んだ」。

①第３行：×何回_{なんかい}も書_かいたんです。

　　　　→何回_{なんかい}も書_かきました。〈寫了好幾遍。〉

②第８行：×あまり賛成_{さんせい}しないんです。

　　　　→あまり賛成_{さんせい}しません。〈不太贊成。〉

③第10行：×あまり解決_{かいけつ}しないんです。

　　　　→あまり解決_{かいけつ}しません（していません）。〈不太能解決。〉

④第17行：×書_かいた人_{ひと}もいるんです。

　　　　→書_かいた人_{ひと}もいます。〈也有人寫。〉

另一點則是呼應（表達時的規範）的問題。這個問題大家比較容易忽略，如果

能熟記句型，而且寫完文章後再重看一遍，應該可以降低寫錯的機率。

①第11行：×原因_{げんいん}は、回数_{かいすう}が多_{おお}いだと思_{おも}います。

　　　　→原因_{げんいん}は、回数_{かいすう}が多_{おお}いことだと思_{おも}います。

〈我認為原因在於次數太多。〉

②第18行：×問題_{もんだい}は回数_{かいすう}とか目的_{もくてき}とか考_{かんが}えて、…

　　　　→問題_{もんだい}は回数_{かいすう}が多_{おお}いことや学生_{がくせい}が目的_{もくてき}を理解_{りかい}していないことです

　　　　から……

〈問題在於次數過多，而且學生不瞭解問卷的目的…〉

日語程度在中上級～上級的學習者也常會忘記「（名詞）は、…ことです」的

「こと」，大家要多多留意。

重點2： 表達方式

向大家介紹幾種作文常用的表達方式和例句。這回先介紹以下兩種表達方式：

①表示部分認同對方的行為（見解），同時提出自己的主張

②表示在有條件或特定範圍内提出自己的主張

① 表示部分認同對方的行為（見解），同時提出自己的主張

- **〜が、どれだけ〜か疑問です**〈〜，不過有多麼〜還是個疑問。〉

  例）アンケート調査は一度に多くの意見を収集する良い方法ですが、問題の解決にどれだけ有効か疑問です。

  〈問卷調查確實能夠一次彙整許多意見，但解決問題的成效存疑。〉

- **たしかに〜ですが、〜**〈的確〜，但是〉

  例）何度も調査をして正確なデータを集めることはたしかに大切ですが、時間とお金がかかるという問題もあります。

  〈多次調查，收集正確的數據的確很重要，但也別忘了這得耗費時間和金錢。〉

- **もっとも、〜**〈不過，〜〉

  例）インタビュー調査は、回答者に合わせて質問の内容や形式を変化させていけるという点で優れているといえます。もっとも、時間がかかるという点、質問者の受け止め方に左右されてしまうという点が問題です。

  〈訪談調查法的優點是可以配合受訪者改變題目的內容和形式。不過問題是相當耗時，而且訪談員的認知影響很大。〉

林同學這篇文章的意見之一是：「認同問卷調查的優點，但仍有部分問題待改進」。下回記得要用用這些表達方式。

②表示在有條件或特定範圍內提出自己的主張

・**～でなければ～**〈如果不是～〉

例）きちんと授業に出席し課題に取り組んだ人でなければ、この講義のおもしろさはわからないだろう。

〈乖乖到課而且認真研究課題的人，才會懂得這堂課的精彩之處。〉

・**～ない限り～**〈除非～〉

例）授業の内容を理解し、きちんと課題に取り組んでいない限り、ただ出席し座っているだけでは何の意味もない。

〈除非瞭解授課內容，而且認真研究課題，光是出席坐在那裡，也沒有半點意義。〉

・**～は別として～**〈另當別論〉

例）やむをえない場合は別として、講義には毎回出席すべきです。

〈上課應該每堂都到，若有不得已的情況自然另當別論。〉

上面這些表達方式也可以用在這篇作文裡。請參考批改過的作文內容。

另外也要探討一下400字作文的文章架構。「問卷調查應加以檢討」這個主張是寫得夠清楚了，不過應該要有條理地依序陳述理由和依據。援引實例的部分也應儘量精簡，把重點放在「理由、依據」和「意見」的部分。

重點3： 語法、詞語、道地的日語表達方式

我們再從「語法、詞語、道地的日語表達方式」這方面來檢查看看。

第1行	×学校に学生がアンケートを書きます。
	⇒学校で、学生によるアンケートが実施されています。
	〈校內有學生做問卷調查。〉

第2行	×学校に入った以来、 ⇒学校に入って（入学して）以来〈入學以來〉
第3行	×何回も書いたんです。 ⇒何回も書きました（書いたことがあります）。 〈寫了（寫過）好幾次。〉
第3行	×まずは ⇒まず〈首先〉
第4行	×何を困っていますか。 ⇒何に困っていますか。〈有什麼問題？〉
第5行	×・・・とか ⇒などを調査します。〈調査…等等〉
第5行	×そしたら ⇒それから〈然後〉
第6行	×どうだったか ⇒どうでしたか〈如何〉
第7行	×私が日本の場合 ⇒今日本（の大学）で行われている方法であれば、 〈如果是現今日本（的大學）做問卷的方式〉 ⇒今、日本（の大学）で行われているような方法について言えば、 〈談到像現今日本（的大學）做問卷的方式〉

第8行	×あまり賛成（さんせい）しないんです。 ⇒あまり賛成（さんせい）しません（できません）。〈我不太贊成。〉
第8行	×まずはやりすぎなんです。 ⇒問題（もんだい）の一（ひと）つとして、調査（ちょうさ）の回数（かいすう）が多（おお）いことがあげられます。 〈問題之一是調查次數過多。〉
第9行	×学生（がくせい）がいろいろリクエストとかクレムとか。・・・ ⇒学生（がくせい）の要望（ようぼう）や苦情（くじょう）は調査（ちょうさ）で明（あき）らかになりますが、調査（ちょうさ）の後（あと）もあまり改善（かいぜん）されません。 〈雖然調查可以得知學生的需求與不滿，可是調查後也沒有明顯改善。〉
第11行	×する前（まえ）に次（つぎ）があったり、・・・ ⇒改善（かいぜん）する前（まえ）に、また別（べつ）の調査（ちょうさ）が行（おこな）われます。原因（げんいん）は回数（かいすう）が多（おお）いことだと思（おも）います。 〈在改善之前，又有其他的調查。我想原因就在於次數太多了。〉
第12行	×そうすれば ⇒そして（また）、〈還有〉
第13行	×学生（がくせい）は評価可能（ひょうかかのう）な人（ひと）ですが、ちょっと・・・ ⇒学生（がくせい）が評価（ひょうか）する能力（のうりょく）を持（も）っているかどうか少（すこ）し検討（けんとう）する余地（よち）があります。 〈學生是否有評斷的能力，這點可能還有待討論。〉

第14行	×教え方に関して評価できない、・・・
	⇒授業中寝ていたり、遅刻が多い学生は、教え方について評価できるとは限りません。
	〈上課常睡覺、遲到的學生，不見得有能力評量老師的教學方式。〉
第16行	×先生が悪いより嫌いだと・・・
	⇒先生が悪いというより単に先生が嫌いだということだけで、アンケートに悪いことを書く人もいます。
	〈有些人不是因為老師不好，只是討厭老師，就在問卷上寫老師的不是。〉
第18行	×問題は、回数とか目的とか・・・
	⇒問題は回数が多いことや学生が目的を理解していないことです。
	〈問題在於次數過多，學生也不瞭解問卷的目的。〉
第19行	×ちゃんと評価する人だけ・・・
	⇒きちんと評価できる人にだけアンケート調査をしたほうが良いと思います。
	〈我認為應該只針對有能力評量的人來做問卷調查。〉

這篇作文的主題是問卷調查。「アンケート」〈問卷〉動詞應該用「アンケートに答える」〈填答問卷〉、「アンケートをする／実施する」〈進行問卷調查〉，而不是「書く」〈寫〉。

我詢問林同學的意見，做了一些補充，然後重新檢查全篇的內容和架構。

請再看一遍訂正過的作文，確認文章的內容。

文 章 訂 正 後

日本の大学で、学生によるアンケート調査がよく行われていますが、それについて私はあまり賛成しません。

　まず、調査の回数の多さです。入学直後、学期末など調査は何回も行われ、学生から要望や苦情があがりますが、私が知る限りそれは全く改善されていません。学校は調査することで満足し、改善するところまで努力できていないように感じます。学生は調査が行われたら、改善されると期待するので、学校に対する失望感も大きくなる恐れもあります。

　また、学生が調査の目的を十分理解しているとは思えません。単に先生が嫌いというだけで、悪いコメントを書くこともあり、結果がどれだけ実情を表しているか疑問です。授業をきちんと受けていない学生が、評価する立場に立つということも私は理解できません。

　意見を聞くにはアンケートが効果的であることはわかりますが、回数、目的、対象を十分に検討した上で、実施すべきだと思います。

第21課

日本有句慣用語叫「暑さ寒さも彼岸まで」〈寒暑不過彼岸〉。意思是說冬寒最晚到春分（3月21日）這幾天、暑熱最晚到秋分（9月23日）這幾天，之後氣候就會變得較和緩宜人。雖然是一點一滴地逐漸改變，9月還是能享受到季節變化的樂趣。

這一課我們來探討一下高同學的作文。

練 習

高同學以「日本的生活」為題，寫了一篇短篇演講稿（約400字）。

1.找找看，哪些地方需要修改。

2.想想看，該怎麼修改。

然後再看【解說】的部分。

文章訂正前

来日から５年がたって生活に慣れた。私は
生活しているのは、都会じゃなくてちょっと
いなかの地方だから最初は都会から来た私は
さびしくて、つまらなくてホームシックにな
っちゃったんです。でも大家さんは親切でお
はよう、お帰りなさいとか挨拶言ったり、私
に対して気持ちがいいです。大家さんは挨拶
を言って、私は挨拶を言う。でもなぜか日本
人にとって挨拶以外のことをあまり話さない
んですかちょっと理解できない。外国人が慣
れていない？忙しいか、外国のことばができ
ないではずかしい気持ちか、住人の興味がな
いですかわかりません。大家さんのみならず
他の日本人の例も多い。お互いのことを知っ
たらこの人に興味を持つは普通だ。生活が慣
れたしアパートもいいし大した問題はないで
すけれど。大家さんとこの家族と理解し合い
たいです。日本人の性質の一部分は理解がで
きないでまだ外国人の感じだ。日本は表面的
な関係が多い。あれはまだ慣れない。

我們來檢查看看高同學的作文。

重點1：　「は」和「が」的用法

第1行：私は生活しているのは、都会じゃなくてちょっといなかの地方だか

　　　　ら…

〈我生活的地方不是在都市，而是有點鄉下的地方，所以…〉

第7行：大家さんは挨拶を言って、私は挨拶を言う。

〈房東跟我打招呼，我打招呼。〉

第19行：日本は表面的な関係は多い。

〈日本很多表面的關係。〉

　　我們先來整理一下「は」和「が」在使用上的差別。

　　在第1行「私は生活しているのは」〈我所生活的地方〉這個名詞修飾句中要用「が」，而不是「は」。所以該改為「<u>私が</u>生活しているのは、…」。

　　像第7行「大家さんは…、私は…」這種複句，如果前後句動作的人不同，前面要用「が」，所以應改為「<u>大家さんが</u>挨拶を…」。在這句裡面，後面的句子最好用「私も」。第19行可以套用「～は～が（…だ）」句型，改為「日本は<u>表面的</u><u>な関係が</u>多い」。

　　請留意以上幾點，做做看下面的練習。

①私（　　）日本で一番驚いたことは、落とし物をしても発見される可能性が

　　高いということだ。

〈我在日本最驚訝的是：東西掉了，找回來的可能性很大。〉

②私（　　）交番に連絡すると、警察官（　　）「あ、それならここにあります

よ」と教えてくれた。

〈我聯絡派出所，警察就告訴我「噢，那個在這裡。」。〉

③日本で（ ）こんなこと（ ）よくある。

〈在日本，這種事很常見。〉

①是在名詞修飾句中，所以要填「が」；②是複句，做動作的人不同，前面填「が」，後面填「は」或「が」；③是「〜は〜が（…だ）」的句型，所以要填「は」和「が」。

表示對比的時候，則要用「Ａは…、Ｂは…」。例如：

田中：英語がお上手なんですって？

〈聽說你英語很好？〉

私 ：いえいえ、読んだり書いたりはなんとか大丈夫なんですが、聴いたり話したりは苦手なんです」となります。

〈沒有啦，讀寫勉強還可以，聽和說就不行了。〉

重點２： 指示詞

我們之前學過指示詞的用法，這回的作文又有指示詞用錯的情況，所以再來複習一下吧。

第14行：お互いのことを知ったらこの人に興味を持つは普通だ。

〈彼此認識之後，通常就會對這個人感興趣。〉

第17行：大家さんとこの家族と理解し合いたいです。

〈我想和房東還有他們家的人相互瞭解。〉

第20行：あれはまだ慣れない。

〈那個我還不習慣。〉

首先，第14行的「この人」應該改為「その人」。在「（もし／仮に／例えば）…」的假設句中，後面的指示詞要用「そ」。第17行的「この」要改為「そ

の」。表示順序或位置、所屬關係時，應該用「そ」。第20行的「あれ」應該是指前面句子的「表面的な関係」，這時應該用「そ」(或者「こ」)。

這三句可以改成像下面這樣。

第14行：お互いのことを知ったら、その人に興味を持つのは普通(自然)だ。

〈彼此認識之後，通常(自然)會對這個人感興趣。〉

第17行：大家さんやご家族のことを知りたいです。

〈我想多瞭解一下房東和他們家人。〉

※不用「その」就足以表達了。

第20行：日本は表面的な関係が多いように思うが、それにはまだ慣れない／違和感を覚える。

〈我覺得日本很多表面上的關係，我還不習慣這一點。／我覺得這怪怪的。〉

請留意以上幾點，做做看下面的練習。

①就職活動はとても厳しい。採用通知をもらえたら、どこでもいいから（　）会社に入るつもりだ。

〈工作很難找。我打算只要能接到錄取通知就去上班，不管哪家公司都好。〉

②このキャンプには、メンバー様と（　）お子様2名までご参加になれます。

〈這個營隊限定1位會員最多帶2位小朋友參加。〉

③古い慣習を変えることは難しい。（　）には多くの協力者が必要だ。

〈要改變古老的習慣並不容易，這需要許多人的協助。〉

①是「その」，②是「その」，③是「それ」或「これ」。寫報告和論文時，幾乎都不用「あ」。

　　另外，就全篇作文來看，因為這是一篇簡短演講稿，所以下筆的時候，要意識到「意見」「理由」「具體事例」這樣的文章架構。為什麼認為「表面的な関係だけでなく、しっかりと会話することが大切だ」〈不要只是表面上的關係，應該要好好講話溝通〉？而這一點如果實現了，又會有什麼好處？如果能具體寫出來，這篇文章就更出色了。

重點3： 語法、詞語、日語應有的表達方式

　　我們再來檢查看看「語法、詞語、日語應有的表達方式」的部分。

第1行	×私は生活しているのは ⇒私が生活しているのは〈我所生活的地方〉
第2行	×都会じゃなくてちょっといなかの地方だから ⇒都会ではなく、少しいなか（の地方）なので 〈不是都市，而是有點鄉下的地方，所以〉
第4行	×ホームシックになっちゃったんです。 ⇒ホームシックになってしまいました。 〈很想家／犯了思鄉病〉
第5行	×おはよう、お帰りなさいとか挨拶言ったり ⇒「おはよう」「お帰りなさい」など挨拶をしてくれるので 〈會跟我打招呼說：「早」「回來啦」〉
第6行	×私に対して気持ちがいいです。 ⇒気持ちよく接してくれます。〈待我很和善。〉

第7行	×大家さんは挨拶を言って、私は挨拶を言う。 ⇒大家さんが挨拶をすると、私も挨拶をします。 〈房東打招呼，我也會跟他打招呼。〉
第8行	×日本人にとって ⇒日本人は〈日本人〉
第9行	×挨拶以外のことをあまり話さないんですか ⇒挨拶をする程度しか話さないのか 〈對話都只有打招呼問好而已〉 ／挨拶以外にことばを交わさないのか 〈除了打招呼之外，都不交談〉
第10行	×ちょっと ⇒少し〈有些〉
第10行	×外国人が慣れていない？… ⇒外国人に慣れていないのか、忙しいのか、外国のことばができないので恥ずかしいと思うのか、あるいは住人に興味を持っていないのか 〈是不習慣外國人？還是太忙？不懂外國話，覺得害羞？或是對住在這裡的人沒興趣？〉
第13行	×大家さんのみならず… ⇒私のアパートの大家さんだけでなく、このような例は多い。 〈不只我的房東，像這樣的例子很多。〉

第15行	×この人<ひと> ⇒その人<ひと>〈這個人〉
第15行	×生活<せいかつ>が慣<な>れたし… ⇒生活<せいかつ>にも慣<な>れ、アパートも良<よ>いので、大<おお>きな問題<もんだい>ではないのですが、気<き>になっています。 〈生活方面已經習慣了，租的房間也不錯，沒有什麼大問題，只是有點在意。〉
第17行	×この家族<かぞく> ⇒（大家<おおや>さんの家族<かぞく>）〈房東的家人〉
第18行	×日本人<にほんじん>の性質<せいしつ>の一部分<いちぶぶん>は… ⇒日本人<にほんじん>のすべてを理解<りかい>できているわけではないので、まだ自分<じぶん>が外国人<がいこくじん>であるという感<かん>じがする。 〈我對日本人還沒有完全瞭解，感覺自己還是一個外國人。〉
第19行	×表面的<ひょうめんてき>な関係<かんけい>は ⇒表面的<ひょうめんてき>な関係<かんけい>が〈表面上的關係〉
第20行	×あれは… ⇒それにはまだ慣<な>れていない／違和感<いわかん>を覚<おぼ>える／慣<な>れそうにない。 〈還不習慣這一點／覺得這怪怪的／好像不能習慣這一點。〉

　　我參考高同學的意見，做了一些補充，並重新檢查全篇的內容和架構。請再仔細看一遍下一頁訂正過的作文。

来日から5年がたち生活にも慣れた。都会から来た私は、来日当初、日本のいなかでの生活がさびしく、退屈に思えてホームシックになったほどだった。しかし、大家さんは顔を会わせるたびに挨拶をしてくれるので、気持ちよく生活ができている。

ただ、私が気になっているのは、長く住んでいるのに、大家さんとは挨拶程度のことばしか交わさないということだ。忙しいのか、外国語ができないので恥ずかしがっているのか、住人に関心がないのか、なぜかわからない。これは私の大家さんに限ったことではなく、友人によると他でもよくあることらしい。

縁あって知り合いになったのであれば、挨拶以外の話もして、理解し合いたいと思う。文化や習慣、考え方の違いも伝え合うことができるし、普段の生活を通して真の国際理解が生まれると思う。日本を深く学びたいし、同様に私の国のことも伝えたい。機会を見つけて、ぜひ大家さんと話してみようと思う。

第22課

　　日本入秋時酷熱的暑氣漸消，進入了舒適宜人的季節，還有運動會、文化祭、演奏會、畫展等各種活動。秋天也是收穫之秋，各地都會辦慶典活動來慶祝豐收、感謝大自然的恩惠。各位讀者那邊秋天的時候有什麼好玩的嗎？

　　言歸正傳，這次我們要來檢討丁同學的作文。

練 習

丁同學以「日本的電視節目」為題，寫了一篇作文（約400字）。

1.先找找看哪些地方應該訂正。

2.再想想看該怎麼改才好。

然後再看【解說】的說明。

私は日本のニュース番組をよく見て、番組の内容ややり方が少し変で、あまり見たくないと思う。キャスターの人は意見を言いすぎる。事実のみだけ伝えるとつまらないと思うか、意見やゲストの意見を言ったり聞いたりしたいそうだ。特別に専門の知識を持っていないゲストでただ有名人の場合がある。できるなら意見とか主張とか入らないで、中立の事実だけいいと思う。特別に専門じゃないゲストが意見を言って役に立たず視聴者は満足しているか。意見や説明が多すぎじゃまだ。

ニュースから事実と説明を聞いて、視聴者が考えるべきだ。視聴者がただ番組を聞いてだけ、思考停止の恐れがあって自動的に大影響になって悪い考え方はあたかも正論になりそうである。人間だから自分の意見とか考え方とかないで番組を作ることは不可能だ。一方で視聴者は思考が影響したくない。テレビ局のみなさんがんばって、できるなら、事実だけ冷静で伝えたほうがいい。

解　說：

我們來檢查一下丁同學的作文。

重點1：　一個句子說一件事

請問，下面的句子要怎麼改，才能把話說得更清晰易懂？

第１行：私は日本のニュース番組をよく見て、番組の内容ややり方が少し変
　　　　で、あまり見たくないと思う。

　　　　〈我常看日本的新聞節目，覺得節目的內容和做法有點奇怪，我不是很

想看。〉

第９行：特別に専門じゃないゲストが意見を言って役に立たず視聴者は満足
　　　　しているか。

　　　　〈尤其是有一些非相關專業的來賓發表一些沒什麼用處的意見，觀眾喜

歡嗎？〉

句子裡提到的事都超過兩件。

第１行：①ニュース番組をよく見ている。〈我常看新聞節目。〉
　　　　②番組の内容ややり方が変だと思う。

　　　　　〈我覺得節目的內容和做法很奇怪。〉

　　　　③それで、あまり見たくなくなった。

　　　　　〈所以後來就不太想看了。〉

第９行：①専門家ではないゲストが意見を言う。

　　　　　〈有非相關專業的來賓發表意見。〉

　　　　②その意見はあまり役にたたない（有益ではない）と思う。

　　　　　〈我覺得他們講的話沒什麼用處（沒有益處）。〉

③そのような状況に視聴者は満足しているのか、私は疑問に思う。

〈我很懷疑，觀眾對看這樣的情況是否滿意？〉

原則上，一個句子就寫一件事。句子太長，結構會變得複雜，也容易出現語法錯誤。可以把它分成兩句，或再加入接續詞，讓文章變得簡潔明瞭。

上面的例子可以像下面這樣改。

第1行：私は日本のニュース番組をよく見ているが、番組の内容や進め方に疑問を感じている。それで、最近ではあまり見たいと思わなくなった。

〈我常看日本的新聞節目，不過對於節目的內容和進行方式有點疑問。所以最近都不太想看了。〉

第9行：専門家ではないゲストが意見を言っても有益だとは言えないと思う。そのような状況に視聴者は満足しているのか、私は疑問に思う。

〈我覺得非相關專業的來賓發表意見也無濟於事。觀眾對這樣的情況是否滿意，我很懷疑。〉

我們來做個練習看看，試著把下面的文章改通順一點。

・練　習：私は日本に来て5年間でアルバイトをして、店長さんが褒めて、ずっと一緒に働きませんかと誘って、今の仕事はエリアマネージャー(area　manager)です。

〈我來日本打工5年，店長誇獎我，問我要不要一直留下來，現在我的工作是地區經理。〉

・修正例：私は日本に来て5年間アルバイトをしたが、そこで知り合った店長に薦められて正式に入社した（することができた）。今はエリアマネージャーを任されている。

〈我來日本打工5年，在公司裡認識的店長推薦之下，（得以）正式進公司

任職。現在擔任地區經理的工作。〉

重 點2： 意見文的結構

我們把丁同學的意見文整理一下。

第一段：・ニュース番組をよく見ているが、疑問に感じる点がある。

〈我常看新聞節目，可是對有些地方感到疑問。〉

・キャスター、ゲスト（特に専門外の人）が意見や感想を述べることが多い。

〈節目中常有主播、來賓（尤其是非相關專業的人）發表意見和感想。〉

・不必要な発言は視聴者が望まないことではないだろうか。

〈這些不必要的發言，觀眾應該不會想看吧。〉

第二段：・視聴者が正しく情報を得て、考えるべきである。

〈觀眾應該正確地取得資訊並思考。〉

・番組を受け身的に視聴し、自分が考えることをやめてしまう恐れがある。

〈被動地觀看節目，可能變得不會自己動腦筋思考。〉

・ある特定の考え方が多くの視聴者の考え方に影響を与えかねない。

〈某種特定的觀點可能會影響大多數觀眾的看法。〉

・事実を冷静に伝える番組であってほしい。

〈希望節目能冷靜報導事實。〉

這篇文章有意見，有根據，而且有內容、字數也夠，只是感覺有點條理不太分明。意見文沒有特定的結構，不過如果像下面這樣寫，應該比較能清楚地表達自己的意見。

(例)

第一段：　提出問題、介紹問題的背景、陳述意見
第二段：　說明根據
第三段：　總結

　　意見文要陳述自己的意見、根據、理由，以免淪為只是單純表達「喜歡」「討厭」等主觀感覺的文章。看字數多寡，如果是400字左右的意見文，可以提兩個主要的根據。

　　丁同學在這篇文章裡，舉出了以下兩項根據：

・番組を受け身的に視聴し、自分が考えることをやめてしまう恐れがある。

　　〈被動地觀看節目，可能變得不會自己動腦筋思考。〉

・ある特定の考え方が多くの視聴者の考え方に影響を与えかねない。

　　〈某種特定的觀點可能會影響大多數觀眾的看法。〉

　　還有，在文章的結尾應該要明白地點出意見、主張。在這篇文章裡，丁同學最想說的應該是「ニュース番組は、冷静にそして客観的に事実だけを伝えたほうがいい」〈新聞節目最好是冷靜、客觀地報導事實。〉如果能參考上面的結構範例，分段來寫，文章應該會更明瞭通順。

重點3：　語法、詞語、日語應有的表達方式

　　我們再從「語法、詞語、日語應有的表達方式」這方面來檢查看看。

第1行	×私は日本のニュース番組をよく見て…
	⇒私は日本のニュース番組をよく見ているが、番組の内容や進め方に疑問を感じている。それで、最近ではあまり見たいと思わなくなった。
	〈我常看日本的新聞節目，不過對於節目的內容和進行方式有點疑問。所以最近都不太想看了。〉

第4行	×事実のみだけ ⇒事実だけ 〈只有事實〉
第5行	×意見やゲストの意見を言ったり聞いたり… ⇒自分の意見を言ったり、ゲストに意見を求めたりしている。 〈說自己的意見，或是請來賓發表意見。〉
第6行	×特別に専門の知識を持っていない… ⇒専門外の人や単なる有名人がゲストとして意見を言う場合がある。 〈有時發表意見的來賓根本就是門外漢，有的純粹只是有名而已。〉
第7行 第19行	×できるなら ⇒できるだけ（可能な限り）〈盡可能、盡量〉 ※我與丁同學確認音意後，修正如上。
第8行	×意見とか主張とか入らないで ⇒意見や主張を入れないで〈不添加自己的意見和主張〉
第8行	×中立の事実だけいいと思う。 ⇒中立的の立場で客観的な事実だけ放送したらいいと思う。 〈以中立的態度報導客觀的事實，這樣比較好。〉
第9行	×特別に専門じゃないゲストが意見を言って… ⇒専門家ではないゲストが意見を言っても有益だとは言えないと思う。そのような状況に視聴者は満足しているのか、私は疑問に思う。 〈一些非相關專業的來賓發表意見，也談不上有所助益。觀眾對這樣的情況是否感到滿意我很懷疑。〉

第11行	×多すぎじゃまだ。 ⇒多すぎるのは問題だと思う。〈問題在於太多了。〉
第13行	×視聴者がただ番組を聞いてだけ、思考停止の恐れがあって ⇒受け身的（受動的）に視聴していると、自分が考えることをやめてしまう恐れがある。 〈一直被動地觀看，可能變得不會自己動腦筋思考。〉
第14行	×自動的に大影響になって… ⇒ある特定の考え方が多くの視聴者の考え方に影響を与えかねない。良くも悪くも「正論」となり得る。 〈某種特定的觀點很可能影響大多數觀眾的看法。不論是好是壞，它都會變成「對的」。〉
第16行	×自分の意見とか考え方とかないで… ⇒自分の意見や考え方抜きに…〈沒有自己的意見和想法〉
第17行	×一方で ⇒しかし〈然而〉
第20行	×冷静で ⇒冷静に〈冷靜地〉

　　我確認丁同學想表達的意思，做了一些補充，並重新檢查整體的內容和架構。
請再仔細看一遍下一頁批改過的作文。

文章訂正後

1 　　日本のニュース番組をよく見ているが、番
2 組の内容や進め方に疑問を感じている。それ
3 は番組の中でキャスターや専門家または専門
4 家ではないゲストが意見や感想を言いすぎる
5 からだ。特に専門家ではない人の意見や感想
6 を聞いても有益とは言えない。ニュース番組
7 はできるだけ中立な立場で客観的な事実だけ
8 を伝えた方が良いと思う。
9 　　なぜなら、番組を受け身的に視聴し、自分
10 が考えることをやめてしまう恐れがあるから
11 だ。報道される事実を聞き、視聴者自身が考
12 えるべきではないだろうか。また、ある特定
13 の考え方が多くの視聴者に影響を与え、世論
14 を作る。良くも悪くも「正論」となり得る場
15 合があるからだ。
16 　　ニュース番組は、人間が作りだすものであ
17 る以上、少なからず作り手の考え方に影響さ
18 れている。だからこそ、可能な限り、事実だ
19 けを冷静にそして客観的に伝える努力をして
20 ほしい。視聴者もそれを願っていると思う。

第23課

有的同學可能正準備挑戰下一次的日語能力測驗，我想大家一定每天都忙著課業或工作，不過還是要以合格為目標，繼續努力。我也在這裡為大家加油。

言歸正傳，這次我們來探討一下李同學的作文。

練 習

李同學以「消除壓力的方法」為題，寫了一篇400字左右的作文。

1.找找看哪些地方應該修改。

2.想想看該怎麼改比較好。

然後再看【解說】。

文章訂正前

1 　私はストレス解消方法を紹介します。例え
2 ば、会社へ行けば、一つ前の駅に降りて、一
3 つ後ろの駅に降りて、いつもじゃない雰囲気
4 で楽しみです。買い物をすれば、別のスーパ
5 ーへ行きます。いつもじゃないことをするは
6 疲れそうだが、実はいい。違っていることし
7 て新鮮な感じのはずだ。
8 　ストレスを解消するために、静かで安心な
9 雰囲気で休養したほうがいいと言う方もいら
10 っしゃる。実は、私にとってそれはあまりで
11 きない。なぜなら、静かで安心な雰囲気にな
12 ればまたいっぱい様々考えて悩みだ。安心ど
13 ころか、一方、心配ことがいろいろ出て一方
14 だ。現代、毎日生活して、ストレスは必ずあ
15 る。ストレスが増えるのは上手に解消できな
16 いわけだ。解消できない理由は、かたい身体
17 と頭のわけだと思う。私は紹介した方法は、
18 誰でも簡単に無料でできてストレス解消だ。
19 深刻状態になるうちに、気をつけるべきだ。
20

我們來檢查看看李同學的作文。

重點1： 「～ば」的用法

下面的句子是錯的。我們來想想看「～ば」的用法該怎麼改才好？

第2行：会社へ行けば、一つ前の駅に降りて、一つ後ろの駅に降りて、いつもじゃない雰囲気で楽しみです。

〈只要去公司，我就會在前一站下車，在後一站下車，我喜歡和平常不一樣的氣氛。〉

第4行：買い物をすれば、別のスーパーへ行きます。

〈只要是買東西，我就會去別的超市。〉

「～ば」的基本用法是：「Xば、Y」，表示「若要Y（後項）成真，需要有X」。

「～と」「～ば」「たら」都要有「前項」→「後項」這種時間上的前後關係。

由此可以看出上面2句不適合用「～ば」。我把它們改成下面這樣。

第2行：会社へ行くとき（は）、一つ前あるいは次の駅で降りて、普段とは違う雰囲気を楽しみます。

〈我去公司的時候，會在前一站或後一站下車，感受和平常不一樣的氣氛。〉

第4行：買い物をするなら、他の／いつもは利用しないスーパーへ行きます。

〈要買東西的話，我會去其他／平常不會去的超市。〉

在第2行的句子中，前後項沒有時間上的先後關係，而是在說明去公司的方式，這時比較適合用的是「とき」，而不是「ば」。第4行也一樣，「買い物する」和「スーパーへ行く」並沒有先後的關係，所以應該用「なら」或是「とき

（は）」。

　　表示條件的「と」「ば」「たら」「なら」，要完全瞭解它們的用法並正確使用，不是件容易的事。「たら」可用的範圍最廣，如果不知道要用哪個，就用「たら」吧。

　　例）・時間が（×あると／○あれば／○あったら）、参加してください。

　　　　　〈有空請來參加。〉

　　　　　・薬を（○飲むと／×飲めば／○飲んだら）、病気が治りました。

　　　　　〈吃了藥病就好了。〉

　　但如果是在前項的假設之上，陳述說話者的判斷、命令、意志、希望，這時就不用「たら」，要用「なら」。

　　例）・デザインを学びたいなら、○○学校がいいと思います。

　　　　　〈要學設計的話，我覺得○○學校比較好。〉

　　　　　・（会社の昼休憩）出かけるなら、私の昼ごはんも買ってきて。

　　　　　〈（公司午休）你要出去的話，幫我買個午餐。〉

　　最後我再介紹幾個中高程度同學作文中「ば」的錯誤用法。我們一起來想想看，該怎麼改才好。

×１・勉強がこれから難しくなっていくと想像すれば、不安で眠れない。

〈想到課程會越來越難，我就擔心得睡不著。〉

×２・日本の道を見れば、時々ごみが落ちています。

〈看日本的道路，地上常常有垃圾。〉

×３・外国で勉強して、10年後、国へ帰れば、良い仕事が見つからないか

　　もしれない。

〈在國外求學，10年後回國，說不定會找不到好工作。〉

想好了嗎？我們可以這麼改：１「想像すれば」→「想像すると」，２「見れ

ば」→「見ると」，3「国へ帰れば」→「国へ帰っても」。

　　就像我一開始所解釋的，「XばY」的基本用法是表示：「要讓Y實現，必須要用X」，所以「Y」都是希望能實現的事（好事）。1的「不安で眠れない」〈擔心得睡不著〉和3的「良い仕事が見つからない」〈找不到好工作〉不算好事，所以不適合用「ば」。2並不是假設，而是在說「いつも」〈經常、總是〉的事，應該用「と」。

重點2：　「～わけだ」的用法

　　李同學的作文裡有「～わけだ」用錯的地方。

第15行：ストレスが増えるのは上手に解消できないわけだ。

第16行：解消できない理由は、かたい身体と頭のわけだと思う。

　　很可能是單純地把「わけ」當作「理由」，才會出現這種錯誤。我們可以改成下面這樣。

第15行：ストレスが増えるのは、（ストレスが）上手に解消できないからだ。

　　　　〈壓力之所以增加，是因為無法順利消除（壓力）。〉

第16行：（ストレスが）解消できないのは、体や頭がかたい／体や頭の柔軟性がないからだと思う。

　　　　〈我覺得，不能消除壓力，是因為身體和頭腦太僵硬／身體和頭腦不夠靈活。〉

　　我們把連結結果和原因的基本句型，連同例句一起背下來吧。

　　　　結果 のは、 理由 からだ。

例）試験に合格できたのは、一生懸命勉強したからだ。

　　　　〈之所以能通過考試，是拼命讀書的關係。〉

理由 から、 結果 わけだ。

例）一生懸命勉強したから、試験に合格できたわけだ。

〈因為拼命讀書，所以才能通過考試。〉

重點3： 語法、詞語、日語應有的表達方式

我們來檢查看看「語法、詞語、日語應有的表達方式」這個部分。

第2行	×会社へ行けば、一つ前の駅に降りて、…楽しみです。 ⇒会社へ行くとき（は）、一つ前あるいは次の駅で降りて、普段とは違う雰囲気を楽しみます。 〈去公司的時候，我會在前一站或下一站下車，感受和平常不一樣的氣氛。〉
第4行	×買い物をすれば、別のスーパーへ行きます。 ⇒買い物をするなら、他の／いつもは利用しないスーパーへ行きます。 〈如果要買東西的話，我會去其他／平常沒去的超市。〉
第5行	×いつもじゃないことをするは疲れそうだが、実はいい。 ⇒いつもとは違うことをすると疲れやすくなりそうだが、実際には、気分転換に良い。 〈做跟平常不一樣的事，似乎會比較累，但其實這是一種改變心情的良方。〉
第6行	×違っていることをして新鮮な感じのはずだ。 ⇒いつもとは違うことをすると新鮮さを感じることができる。 〈做跟平常不一樣的事，會有種新鮮的感覺。〉

第8行	×安心な雰囲気で
	⇒落ち着いた雰囲気の中で〈在安心放鬆的氣氛中〉
第9行	×…方もいらっしゃる。
	⇒…人もいる。〈也有些人…〉
第10行	×実は、私にとってそれはあまりできない。
	⇒正直なところ、私にはあまり良い方法だとは言えない。
	〈老實說，這對我而言並不是一個很好的辦法。〉
第11行	×なぜなら、静かで安心な雰囲気になれば、またいっぱい
	様々考えて悩みだ。
	⇒静かで落ち着いた環境の中では、一時的にストレスをなく
	すことができる。しかし、またいろいろ考え始めてしま
	い、すぐに新たな悩みで頭の中がいっぱいになるからだ。
	〈因為雖然在安靜放鬆的環境裡，可以暫時消除壓力，可是
	又會開始想東想西，很快又是滿腦子的新煩惱了。〉
第13行	×一方
	⇒ますます〈越來越〉
第13行	×心配ことがいろいろ出て一方だ。
	⇒心配事／心配なことが増える一方だ。
	〈擔心的事越來越多。〉
第14行	×現代
	⇒現代社会において〈在現代社會〉

第15行	×ストレスが増えるのは上手に解消できないわけだ。
	⇒ストレスが増^ふえるのは、それを上手^{じょうず}に解消^{かいしょう}できないからだ。
	〈壓力之所以會增加，是因為無法順利消除壓力。〉
第16行	×解消できない理由は、かたい身体と頭のわけだと思う。
	⇒（ストレスが）解消^{かいしょう}できないのは、体^{からだ}や頭^{あたま}がかたい／体^{からだ}や頭^{あたま}の柔軟性^{じゅうなんせい}がないからだと思^{おも}う。
	〈無法消除（壓力），是因為身體和頭腦太僵硬／身體和頭腦不夠靈活。〉
第17行	×私は紹介した方法は…ストレス解消だ。
	⇒私^{わたし}が紹介^{しょうかい}したストレス解消方法^{かいしょうほうほう}は、誰^{だれ}でも簡単^{かんたん}に、そしてお金^{かね}をかけずにできる方法^{ほうほう}だ。
	〈我剛才介紹的消除壓力方法，每個人都能輕鬆做到，而且不必花錢。〉
第19行	×深刻状態になるうちに
	⇒深刻^{しんこく}な状態^{じょうたい}にならないうちに〈在情況惡化之前〉
第19行	△気をつけるべきだ。
	⇒気^きをつけたほうが良^よい。〈小心一點比較好。〉

　我參考李同學的意見，做了些許補充，再重新檢查全篇的內容和架構。請再看一遍下頁訂正後的作文，好好確認一下。

私のストレス解消方法を紹介します。例えば、会社へ行く時、一つ前や次の駅で降りたり、買い物をする時、いつもと違うスーパーへ行ってみたりすることです。慣れないことをすると疲れそうですが、新鮮さを感じることができ、脳にも良い刺激を与えられます。

ストレス解消のために、静かで落ち着いた雰囲気の中で休養したほうがいいという考え方もありますが、私には良い方法だとは言えません。なぜなら、そのような環境の中ではかえって不安が増し、心配事や悩みで頭の中がいっぱいになってしまうからです。

現代社会において、全くストレスがない生活を送るというのは難しいことです。少しずつ上手にストレスを解消することは大切だと思います。そのためには柔軟な体と考え方が必要です。私が紹介したのは、誰にでも手軽にできる解消法です。ストレスがたまり深刻な状態にならないうちに、私はストレスを解消するよう心がけています。

第24課

　　每年的十二月日本人特別忙碌，要過耶誕節、辦忘年會、準備賀年明信片、大掃除等許多活動。我們也來好好加油，以便迎接嶄新光明的一年。

　　這一課我們來看看陳同學的作文。

練 習

陳同學以「日本風行的事物」為題，寫了一篇作文(400字以內)。

1.我們來找找看哪裡應該修改。

2.想一想看該怎麼改才好。

然後再看【解說】。

1 　　私は日本のブームはゆるキャラで、都道府
2 県市とか町などたくさんゆるキャラがある。
3 観光地や名産品の宣伝とかお祭りにある。ゆ
4 るキャラは場所の特徴だ。みんながゆるキャ
5 ラを覚えてペットみたいで好きだったら、所
6 に愛着があるし有名で商品がよく売れる考え
7 だ。
8 　　しかしゆるキャラが多すぎの意見もある。
9 税金が無駄の意見もある。確か多すぎで無駄
10 という人もあるが、もしとても有名だったら
11 効果が大きい。外国で人気の日本のゆるキャ
12 ラもある噂だ。日本は漫画の国だ。イラスト
13 とかマスコットとかかわいい物が好き。見て
14 安心して生活できるかもしれない。
15 　　毎日、現実の社会は緊張だ。何か伝える時
16 （交通安全や税金を払いましょう、この商品
17 を買って）、ことばだけ言ったら印象しない。
18 相手の気持ちを安心してちゃんとメッセージ
19 したら効果が大きい。確か、ゆるキャラは生
20 活でなくてはならないものだろう。

解說：

我們來檢查一下陳同學的作文。

重點1： 名詞的修飾

想想看下面這些例句。

①６行目：…商品がよく売れる考えだ。

②８行目：ゆるキャラが多すぎの意見もある。

③９行目：税金が無駄の意見もある。

④11行目：外国で人気の日本のゆるキャラもある噂だ。

這幾句都是修飾「考え」〈想法〉、「意見」〈意見〉、「噂」〈流言〉等名詞。在同學們的作文中，常會看到名詞修飾方面的錯誤。

我們先來複習一下修飾名詞的形式。

$$\left.\begin{array}{l}（い形容詞）い \\ （な形容詞）な \\ （名詞）の \\ （句子）普通形\end{array}\right\} + \boxed{名詞（被修飾的名詞）}$$

很多錯誤都是不管詞類或句子，一律在被修飾的名詞前加「の」，這點要特別注意。

還有一點要提醒大家：當名詞修飾句是指說話或思考的內容時，像修飾「願い」〈希望〉、「夢」〈夢想〉、「主張」〈主張〉、「考え」〈想法〉、「意見」〈意見〉、「話」〈話〉、「思い」〈心思〉、「噂」〈流言〉、「ことば」〈話語〉等等，這時名詞修飾句和被修飾的名詞之間往往得加上「～という」。

例）・子供が無事に成長してほしい<u>という**願い**</u>〈祈盼孩子能平安長大〉

・歌手になりたいという夢〈想成為歌手的夢想〉

・彼が犯人ではないという主張〈主張他不是犯人〉

我思索陳同學作文中上面4句所要表達的意思，補上一些詞語，修正如下。

①商品がよく売れるようになるだろうという考えで（ゆるキャラを作っている。）

　　〈想著商品應該會熱銷(，所以才會做吉祥物)〉

②「ゆるキャラが多すぎる」という意見を言う人もいる。

　　〈也有人覺得「吉祥物太多了」。〉

③（ゆるキャラは）税金の無駄遣いだという意見を持つ人もいる。

　　〈也有人認為(吉祥物)是在浪費稅金。〉

④「外国で人気がある日本のゆるキャラがいる」という噂（話）を聞いたことがある。

　　〈我曾經聽說「有些日本的吉祥物在外國很受歡迎」。〉

重點2： 「確か」和「確かに」

同學們的作文中，常會看到「確か」和「確かに」混淆的情況。

「確か」是指如果說話的人沒記錯，那這件事就確定無誤，可以說是一種依據說話者記憶所做的不確定判斷。

例）夫：あれ？ 新聞、どこだっけ？

　　〈咦？報紙哪兒去了？〉

　妻：あなた、確かテーブルの上に置いていたと思うわよ。

　　〈我記得你把它放在桌上。〉

　夫：ああ、そうそう。あった、あった。それで、眼鏡はどこ？ 確か、さっきまでポケットに入っていたと思うんだけど、見つからないん

だよ。

〈啊，對喔。有了有了。那眼鏡呢？我記得到剛才都還在口袋裡，怎
麼就找不到呢？〉

妻：…そこ。あなたの頭の上よ。

〈…在那裡，就在你頭上嘛。〉

「確かに」則表示說話者很確定的判斷。用在有具體的理由、根據，或是說話
者的記憶明確無誤時。

例）妻：どうしたの？ 疲れた顔して。

〈怎麼了？你看起來很累的樣子。〉

夫：今朝の大切な会議に30分も遅れてしまったんだ。大雨でひどい渋
滞で。

〈今天早上的重要會議，我居然遲到了30分鐘。下大雨塞車塞得一塌
糊塗啊。〉

妻：あーあ、だから、「早く出かけたほうがいいわよ」って言ったの
に。

〈哎呀，所以我就跟你說「早點出門比較好」嘛〉

夫：確かに君の言う通りだね。今度からそうするよ。

〈妳說的確實沒錯，下次一定照辦。〉

很多人也常把「確か」和「きっと」混為一談。「確か」是根據說話者的記
憶，而「きっと」只是單純地表示說話者的預測、猜想。

例）・空が明るくなってきたね。（×確か／○きっと）明日は晴れるね。

〈天空開始變亮了，明天應該會放晴吧。〉

・あの犬は（○確か／×きっと）田中さんの家の犬よ。前に犬を連れ

て歩いているのを見たことがあるから…

〈那隻狗應該是田中家的，我之前看過他牽著狗走路。〉

重點3： 語法、詞語、日語應有的表達方式

我們來檢查看看「語法、詞語、日語應有的表達方式」這個部分。

第1行	×私は日本のブームはゆるキャラで ⇒ゆるキャラがブームになっていると思います。 〈我覺得吉祥物已經成為一種風潮了。〉
第3行	×観光地や名産品の宣伝とかお祭りにある。 ⇒ゆるキャラは、観光地の紹介、名産品の宣伝やお祭りの時に登場する。 〈吉祥物會出現在觀光地的介紹、特產的宣傳，還有廟會慶典時。〉
第3行	×ゆるキャラは場所の特徴だ。 ⇒ゆるキャラは各地の特徴を生かして作られている。 〈吉祥物都是運用各地的特色來設計的。〉
第5行	×ペットみたいで好きだったら ⇒ペットみたいにかわいがったら 〈像寵物一樣疼愛〉
第5行	×所に愛着があるし ⇒その場所に愛着を持つようになれば 〈變得喜歡上這個地方〉
第6行	×有名で商品がよく売れる考えだ。 ⇒有名になり、商品もよく売れるようになるという考えである。 〈想說成名之後，商品也能隨之熱賣。〉

第8行	×ゆるキャラが多すぎの意見もある。 ⇒ゆるキャラが多すぎるという意見もある。 〈也有人認為吉祥物太多了。〉
第9行	×税金が無駄の意見もある。 ⇒税金の無駄遣いだという意見もある。 〈也有人認為這是在浪費稅款。〉
第9行	×確か多すぎで無駄という人もあるが ⇒確かに数が多すぎて、無駄だ／役に立たないと思っている 　人もいるが 〈的確有些人是覺得數量太多，沒有用處。〉
第10行	×もしとても有名だったら ⇒もし非常に有名になったら 〈如果變得超級出名〉
第11行	×外国で人気の日本のゆるキャラもある噂だ。 ⇒外国で人気のある日本のゆるキャラもあるそうだ／という 　話だ。 〈聽說有的日本吉祥物還紅到外國去。〉
第13行	×見て安心して ⇒（そういうものを）見ると緊張が和らぎ／心がゆったりと 　して 〈看到（這些），緊張的情緒就會緩和下來／心情變得輕鬆舒 　適〉 ※「安心」是用來指「沒有／解決了危險、擔憂」。第14行的 　「安心」應該是接近「能夠放輕鬆」的意思，所以把這句修 　正如上。

第15行	×毎日、現実の社会は緊張だ。 ⇒現実の社会は緊張の連続だ。 〈現實社會一直處於緊張的狀態。〉
第15行	×何か伝える時… ⇒交通安全、納税の呼びかけ、商品の宣伝など何か伝えたい時 〈要宣導交通安全和納稅、宣傳商品時〉
第17行	×ことばだけ言ったら印象しない ⇒ことばだけで伝えても聞き手の印象には残らない。 〈光靠語言來表達，聽到的人也記不住。〉
第18行	×相手の気持ちを安心して ⇒相手の緊張を和らげ〈緩和對方的緊張情緒〉
第18行	×メッセージしたら ⇒メッセージを送ったら〈送出訊息〉
第19行	×確か ⇒確かに〈確實〉 ※不過句尾的地方應該不要像20行這樣用「〜だろう」，改成表示斷定的「〜だ／〜である」比較恰當。表示不確定的推測、預料時，就用「おそらく〜だろう」吧。
第19行	×生活で ⇒生活に〈生活〉

　　文章的最後面寫說「なくてはならない」〈不能沒有〉，其實「必要不可欠」〈不可或缺〉、「切っても切れない」〈剪也剪不斷、關係密切〉也可以表示相同的意思，這兩句很好用，請把它背下來用用看。
　　例）・人間にとって、水は必要不可欠なものだ。

〈對人類而言，水是不可或缺的東西。〉

・私{わたし}にとって、インターネットは<u>切{き}っても切{き}れない</u>道具{どうぐ}だ。

〈對我來說，網路是無法割捨的工具。〉

　　我參考陳同學的意見，做了些許補充，再重新檢查全篇的內容和架構。請再看一遍下頁訂正過的作文，好好確認一下。

最近、ゆるキャラがブームになっている。ゆるキャラは企業だけでなく、各地方自治体でも作られ、観光地や名産品の宣伝やイベントに登場している。ゆるキャラには各地域の特徴が生かされている。自分の町のゆるキャラだけでなく、他の地域のゆるキャラに愛着を持つこともある。その場所に関心を持ったり、その地方の商品を買いたくなったりする。

　ゆるキャラブームの一方で、数が多すぎて無駄になっているという意見もある。確かにその意見も否定できないが、一度、キャラが有名になれば費用対効果は高い。外国で人気のある日本のゆるキャラもあるという話だ。

　日本では漫画やイラスト、マスコットなどかわいらしい物が好まれる。現実社会は緊張の連続なので、何か安心できる物が求められているのかもしれない。相手の緊張を和らげるゆるキャラを使いながら、伝えたいメッセージを伝えれば効果が上がる。ゆるキャラはもはや生活に不可欠な存在だと言えるだろう。

作者簡介

作者

佐々木綾

学校法人静岡日本語教育センター校長

広﨑絵里奈

前学校法人静岡日本語教育センター講師

譯者

林彥伶

學歷：東吳大學日本語文學系碩士

日本愛知學院大學文學研究科博士

曾任：明道大學應用日語學系專任助理教授

翻譯作品：

快樂聽學新聞日語1～3（鴻儒堂出版社，2013～2017）

現今社會 看漫畫學日語會話（鴻儒堂出版社，2015）

新日本語能力測驗 考前衝刺讚 聽解N3（鴻儒堂出版社，2019）

大河劇中的幕末‧戰國日本歷史人物（鴻儒堂出版社，2019）……等

國家圖書館出版品預行編目資料(CIP)

日本語作文批改教室/佐々木綾, 広﨑絵里奈編著；
林彥伶譯. -- 初版. -- 臺北市：鴻儒堂出版社，
民112.04
面； 公分
ISBN 978-986-6230-70-7(平裝)

1.CST: 日語 2.CST: 作文 3.CST: 寫作法

803.17　　　　　　　　　　112001630

日本語作文批改教室

定價：450元

2023年（民112年）4月初版一刷

著　　　者：佐々木綾・広﨑絵里奈
譯　　　者：林　彥　伶
封 面 設 計：邱　茗　晨
發　行　所：鴻 儒 堂 出 版 社
發　行　人：黃　成　業
地　　　址：台北市中正區博愛路九號五樓之一
電　　　話：02-2311-3810
傳　　　真：02-2361-2334
郵 政 劃 撥：０１５５３００１
E - m a i l：hjt903@ms25.hinet.net

鴻儒堂出版社設有網頁，歡迎多加利用
網址：https://www.hjtbook.com.tw